D1873419

Gerstenbergs visuelle Weltliteratur

Der seltsame Fall des Dr. Jekyll und Mr. Hyde

Robert Louis Stevenson

Illustrationen von
François Place
Aus dem Englischen von
Hermann Wilhelm Draber

Gerstenberg Verlag

Robert Louis Stevenson (1850–1894) war Rechtsanwalt, bevor er anfing für Zeitschriften Aufsätze und fantastische Geschichten zu schreiben. Mit Romanen wie *Dr. Jekyll und Mr. Hyde* und *Die Schatzinsel* wurde er weltberühmt.

François Place, geboren 1957, studierte an der Hochschule für Gestaltung in Paris und arbeitete anschließend als Grafiker in einem Verlag, bevor er sich als Autor und Illustrator selbstständig machte. Für seine Aquarell- und Tuschezeichnungen bevorzugt François Place Reiseberichte und Abenteuerromane; so hat er auch Stevensons *Schatzinsel* illustriert.

Die Deutsche Bibliothek – CIP-Einheitsaufnahme
Ein Titeldatensatz für diese Publikation ist bei
Der Deutschen Bibliothek erhältlich.

Die Originalausgabe erschien unter dem Titel
L'étrange cas du Dr Jekyll et de M. Hyde
bei Gallimard Jeunesse, Paris
Kommentare in den Marginalspalten von Suzanne Bosman
Übersetzung dieser Texte von Uta Rüenauver, Berlin
Illustrationen und Konzeption Copyright © 1999 Éditions Gallimard Jeunesse, Paris
Deutsche Ausgabe Copyright © 2002 Gerstenberg Verlag, Hildesheim
Redaktionelle Bearbeitung der deutschen Ausgabe von Eva Schweikart, Nürnberg
Alle Rechte vorbehalten
Satz: Fotosatz Ressemann, Hochstadt
Druck bei Editoriale Lloyd, Triest
Printed in Italy
ISBN 3-8067-4767-9

02 03 04 05 06 5 4 3 2 1

Inhalt

Ein gewisser Robert Louis Stevenson ...

Robert Louis Stevenson wurde 1850 in Edinburgh geboren. Einen Teil seiner Jugend verbrachte er in Heriot Row 17 in New Town, dem im georgianischen Stil erbauten Viertel Edinburghs. Die Erzählung *Dr. Jekyll und Mr. Hyde* schrieb er 1885. Damals lebte er seit einiger Zeit mit seiner Frau, Fanny Osborne, im Haus Skerryvore in Bournemouth an der Südküste Englands und erholte sich gerade von einer Krankheit. Wie Fanny Osborne später berichtete, hatte ein Albtraum ihm die Geschichte eingegeben.
Er machte sich daraufhin mit Eifer an die Niederschrift. Als seine Frau nach dem ersten Lesen Bedenken äußerte, verbrannte er das Manuskript und schrieb es innerhalb weniger Tage neu.
Im Januar 1886 erschien die Erzählung und war sofort ein Erfolg. In England wurden in den ersten sechs Monaten 40 000 Exemplare davon verkauft, aber auch in den USA fand sie großes Interesse. Sie wurde damals häufig ohne Genehmigung des Autors nachgedruckt.
Stevenson hatte schon zuvor Bücher veröffentlicht, die Erzählung *Dr. Jekyll und Mr. Hyde* jedoch begründete seinen Ruhm als Schriftsteller. Nur wenige Wochen nach ihrem Erscheinen wurde die Geschichte bereits in der englischen Satirezeitschrift *Punch* (S. 7) parodiert – ein Hinweis, welch großes Echo sie fand.

Stevenson und seine Mutter (1854); das Medaillonbild rechts zeigt Fanny Osborne, seine Frau.

Stevenson zu der Zeit, als er seine Erzählung schrieb.

Unten: Heriot Row 17 in Edinburgh.

Unten: Haus Skerryvore.

Oben: die Hinrichtung von Deacon Brodie.

Dr. Jekyll und Mr. Hyde

Das Thema der Erzählung, die Spaltung der Persönlichkeit und der Kampf zwischen Gut und Böse im Menschen, geht auf verschiedene Quellen zurück. Vor der Veröffentlichung von *Dr. Jekyll und Mr. Hyde* hatte Stevenson das Theaterstück *Deacon Brodie* geschrieben, die wahre Geschichte eines Kunsttischlers aus Edinburgh, der eine zweite Existenz als Einbrecher führte. Das Stück enthält Elemente, die sich in der Erzählung wiederfinden. Ein ähnliches Thema wird auch in der Geschichte *William Wilson* des amerikanischen Schriftstellers Edgar Allan Poe angeschnitten; auch der düstere und dramatische Ton Stevensons ist stark von Poe inspiriert.
Schauplatz der Geschichte ist London, doch erinnert die Atmosphäre oft an Stevensons Geburtsstadt Edinburgh. Seine realistische Darstellung bestimmter Bereiche der viktorianischen Gesellschaft hat sicherlich zur Beliebtheit der Erzählung beigetragen. Ihre glänzende erzählerische Struktur und die spannende Handlung tragen alle Merkmale des Kriminalromans. Zwar entstand sie zu einer Zeit, als das Interesse für die Psychologie und das Unbewusste gerade voll erblühte, doch erwies sich das Thema von Gut und Böse als zeitlos, und die vielen Bedeutungsebenen sichern dem Werk noch heute seinen Erfolg.

Der amerikanische Schriftsteller Edgar Allan Poe.

1

Die Geschichte von der Tür

Mister Utterson, der Anwalt, war ein Mann mit einem charaktervollen Gesicht, das nie von einem Lächeln erhellt wurde; er war leidenschaftslos, unzugänglich, im Gespräch verlegen und jeder Gefühlsäußerung abhold, mager, lang, verstaubt und düster, und doch war er irgendwie liebenswert. Bei freundschaftlichen Zusammenkünften und wenn der Wein seinem Geschmack entsprach, strahlte etwas wie tiefe Menschlichkeit aus seinen Augen; etwas, das nie in seinem Gespräch zum Ausdruck kam, das sich aber nicht nur in diesen schweigenden Symbolen seines After-Dinner-Gesichtes zeigte, nein, öfter noch und lauter aus seiner Lebensführung sprach. Er war hart mit sich selbst. War er allein, so trank er nur Gin, um seine Neigung für erlesene Weine abzutöten; und obgleich er das Theater leidenschaftlich liebte, hatte sein Fuß seit zwanzig Jahren nicht mehr die Schwelle eines Theaters überschritten. Anderen gegenüber hatte er jedoch wiederholt

»Mister Utterson, der Anwalt, war ein Mann mit einem charaktervollen Gesicht, das nie von einem Lächeln erhellt wurde …«

Dieses Gemälde von John O'Connor (1881), auf dem der Bahnhof St. Pancras und das Midland Grand Hotel zu sehen sind, spiegelt die unheimliche Atmosphäre der Erzählung wider.

seine Toleranz bewiesen. Mit einer fast an Neid grenzenden Bewunderung sprach er bisweilen über die energievolle Klugheit, die sich in ihren Missetaten zu erkennen gab; und war Not am Mann, war er eher geneigt zu helfen als zu verurteilen. »Ich verstehe Kains Ketzerei«, pflegte er in seiner etwas altmodisch gezierten Art zu sagen. »Ich lasse meinen Bruder auch auf seine eigene Fasson zum Teufel gehen.« Bei dieser Charakterveranlagung war es häufig sein Schicksal, der letzte achtbare Bekannte und der letzte Halt von Menschen zu sein, die sich auf abschüssiger Bahn bewegten. Und solange sie sein Sprechzimmer aufsuchten, ließ er ihnen gegenüber auch nie den Schatten einer Veränderung in seinem Verhalten erkennen.

Das kostete Mr. Utterson sicherlich keine große Überwindung; denn auch den Besten gegenüber war er stets zurückhaltend und selbst seine Freundschaften schienen im Allgemeinen auf einer ähnlichen Basis universellen Wohlwollens zu beruhen. Es ist das Kennzeichen eines bescheidenen Mannes, seinen Freundeskreis gewissermaßen fertig aus der Hand des Schicksals zu empfangen. So hielt es auch der Anwalt. Seine Freunde waren entweder Verwandte oder Leute, die er seit langem kannte. Gleich dem Efeu war auch seine Zuneigung ein zufälliges Gebilde der Zeit und war kein Beweis für die Würdigkeit des betreffenden Objekts, dem sie sich zuwandte. Auch das Band, das ihn an Mr. Richard Enfield, einen entfernten Verwandten und einen in der ganzen Stadt wohlbekannten Lebemann, fesselte, war nicht anders zu beurteilen. Gar manchem gab es eine Nuss zu knacken, was diese beiden aneinander finden mochten oder welche gemeinsamen Interessen sie wohl haben konnten. Leute, die die Herren auf ihren sonntäglichen Spaziergängen beobachtet hatten, erzählten, dass sie, ohne ein Wort zu sprechen, nebeneinander herschritten, äußerst gelangweilt aussahen und mit augenscheinlicher Erleichterung das Erscheinen eines Freundes begrüßten. Trotzdem legten die beiden Herren auf diese Ausflüge das größte Gewicht, betrachteten sie als das schönste Geschenk der Woche und ließen sich weder durch lockende Vergnügungen noch durch die Anforderungen des Geschäftes von ihren Zusammenkünften abhalten.

Schaufenster eines typischen Londoner Ladens in der Nähe von Royal Exchange, der Börse (1871).

Bei einer dieser Streifereien traf es sich, dass sie ihr Weg in eine Nebenstraße eines der Londoner Geschäftsviertel führte. Die Straße war eng und was man so ruhig nennt, aber wochentags blühte in ihr ein lebhafter Handel. Die Bewohner waren anscheinend alle gut gebettet und eifrig bemüht noch bessere Geschäfte zu machen und den Überschuss ihres Gewinnes prahlerisch zur Schau zu stellen, sodass die Schaufenster längs der Straße einladend wie zwei Reihen lächelnder Verkäuferinnen dastanden. Selbst an Sonntagen, wenn die Gasse ihre etwas aufdringlichen Reize verschleierte und vergleichsweise von Passanten entblößt war, strahlte sie im Gegensatz zu der trübseligen Nachbarschaft wie ein Feuer im dunklen Walde, und mit ihren frisch gestrichenen Fensterläden, den blitzenden Messingstäben, der allgemeinen Properkeit und betonten Lustigkeit nahm sie sofort das Auge der Spaziergänger gefangen und erfreute Herz und Sinn.

Gough Square in London (Ende 19. Jahrhundert).

Zwei Häuser von der Ecke entfernt zur Linken, wenn man nach Osten zu ging, wurde die Straßenlinie durch einen sich hier öffnenden Hof unterbrochen, und gerade an dieser Stelle schob ein gewisser düster ausschauender Häuserblock seinen Giebel in die Straße vor. Er war zwei Stock hoch, besaß keine Fenster, nichts außer einer Tür in der unteren Etage und oben eine blinde Fassade aus verwittertem Mauerwerk. Jeder Teil des Gebäudes trug die Merkmale langer und schmutziger Vernachlässigung. Die Tür, die weder Klingel noch Klopfer trug, war mit Blasen und Rissen bedeckt. In den Nischen räkelten sich Strolche und entzündeten ihre Streichhölzer an den Türfüllungen, auf den Treppenstufen spielten Kinder Kaufmann, an den Simsen hatten Schulbuben ihre Messer ausprobiert, und fast ein Menschenalter lang war niemand erschienen, um diese zufälligen Besucher fortzujagen oder ihre Verwüstungen wieder ausbessern zu lassen.

Die beiden Herren gingen auf der anderen Seite der Nebenstraße. Als sie sich dem Hofeingang gegenüber befanden, hob Mr. Enfield seinen Stock und deutete auf das Haus.

»Hast du je diese Tür bemerkt?«, erkundigte er sich und fügte, als

»… gerade an dieser
Stelle schob ein gewisser
düster ausschauender
Häuserblock seinen Giebel
in die Straße vor.«

sein Begleiter bejahte, hinzu: »In meiner Erinnerung ist mit ihr eine sehr seltsame Geschichte verknüpft.«

»Wirklich?«, fragte Mr. Utterson mit einer kaum merklichen Veränderung in seiner Stimme, »und um was handelt es sich?«

»Nun, es war folgendermaßen«, erwiderte Mr. Enfield. »Ich befand mich auf halbem Wege von irgendeinem Ort am Ende der Welt. Ein düsterer Wintermorgen. Es mochte etwa drei Uhr sein und mein Weg führte mich durch einen Teil der Stadt, wo tatsächlich nichts zu sehen war außer Laternen. Straße auf Straße und alle Menschen in tiefem Schlaf – Straße auf Straße, alle erleuchtet wie für eine Prozession und alle leer wie eine Kirche –, bis ich endlich in jenen Gemütszustand geraten war, da man lauscht und lauscht und sich nach dem Anblick eines Schutzmannes zu sehnen beginnt.

Eine Gasse in der Nähe des Golden Square in London. Der Stich vermittelt einen Eindruck von den Lebensbedingungen der ärmeren Einwohner Londons.

» »Nun, dem Kinde fehlte nicht sehr viel, nach Aussage des Knochensägers war's hauptsächlich die Angst ...« «

Auf einmal erblickte ich zwei Gestalten: die eine ein kleiner Mann, der in scharfem Tempo ostwärts stampfte, die andere ein Mädchen von acht oder zehn Jahren, das, so rasch es nur laufen konnte, eine Querstraße hinunterrannte. Schön, Verehrter. Ganz natürlicherweise stießen die beiden an der Ecke aufeinander; und dann kam der schreckliche Teil der Sache; der Mann trampelte gleichgültig des Kindes Körper zu Boden und ließ es schreiend am Boden liegen. Ich konnte zwar nichts hören, aber es war höllisch anzusehen. Der Kerl war kein menschliches Wesen, er gemahnte an irgendeinen verdammten Klabautermann. Ich schrie hinter ihm drein, machte mich auf die Socken, ergriff meinen Gentleman beim Kragen und schleppte ihn dorthin zurück, wo sich bereits eine ganze Gruppe um das weinende Kind versammelt hatte. Er war vollkommen ruhig und leistete keinen Widerstand, warf mir aber einen Blick zu, so grässlich, dass mir der helle Schweiß herunterlief. Die Leute, die sich zusammengefunden hatten, waren die Angehörigen des Mädchens und sehr bald erschien auch der Doktor, nach dem sie geschickt hatten.

Nun, dem Kinde fehlte nicht sehr viel, nach Aussage des Knochensägers war's hauptsächlich die Angst, und damit hätte ja eigentlich die Angelegenheit zu Ende sein können. Aber es gab da noch einen merkwürdigen Umstand. Gleich beim ersten Blick hatte

Obwohl die Handlung der Geschichte in London (oben) angesiedelt ist, fanden viele Kritiker, die von Stevenson beschriebene Stadt erinnere an das Edinburgh seiner Kindheit. Einige Szenen spielen in klar bestimmbaren Vierteln der Hauptstadt, viele andere aber sind im Vagen belassen. Edinburgh nimmt in Stevensons Werk eine wichtige Rolle ein, doch seine Gefühle der Stadt gegenüber sind zwiespältig. Über jene, die Edinburgh per Zug verlassen, schreibt er: »Glücklich die Reisenden, die sich vom Staub Edinburghs befreien …

ich einen starken Widerwillen gegen meinen Gentleman gefasst. Das Gleiche war bei den Angehörigen des Kindes der Fall und das war ja schließlich natürlich. Was mich aber überraschte, war des Doktors Verhalten. Er war der übliche Feld- und Wiesenarzt von undefinierbarem Alter und Aussehen, mit starkem Edinburger Akzent und etwa ebenso gefühlvoll wie ein Dudelsack. Schön, mein Lieber, es ging ihm genau wie uns; ununterbrochen starrte er auf meinen Gefangenen und ich sah, wie der Knochensäger blass und elend wurde vor brennendem Verlangen, diesen Menschen zu töten. Ich wusste, was in seinem Kopfe vorging, ebenso genau wie er wusste, was mich selbst bewegte. Da es aber leider doch unmöglich war, ihn totzuschlagen, taten wir das Nächstbeste: Wir erklärten dem Manne, wir könnten und würden aus dieser Sache einen solchen Skandal machen, dass sein Name von einem Ende Londons bis zum andern zum Himmel stinken würde. Falls er irgendwelche Freunde besäße oder sich eines Ansehens erfreute, würden wir dafür sorgen, dass er beides verlöre. Und während der ganzen Zeit, da wir kochend vor Wut auf ihn einsprachen, mussten wir ihm, so gut es ging, die Weiber vom Leibe halten, die wild wie Harpyien auf ihn eindrangen. Nie sah ich je einen Kreis so hassverzerrter Gesichter und der Mensch stand mitten darin mit einer Miene düsterer, höhnischer Gleichgültigkeit – zwar angsterfüllt, wie ich bemerken konnte, aber doch mit der Stirn eines Satans. ›Wenn Sie aus diesem

» »Nie sah ich je einen Kreis so hassverzerrter Gesichter …« «

Vorfall Kapital schlagen wollen‹, sagte er, ›ich bin natürlich hilflos, aber jeder Gentleman wünscht doch eine Szene zu vermeiden. Nennen Sie mir Ihren Preis.‹ Nun, wir pressten hundert Pfund für die Familie des Kindes aus ihm heraus. Natürlich versuchte er sich zuerst dagegen zu sträuben; aber irgendetwas in der Art unserer Anteilnahme ließ ihn Schlimmes ahnen und so gab er endlich nach.

... und zum letzten Mal den Wind durch die Schornsteine heulen hören. Dennoch, diese Stadt hat sich in ihrem Herzen eingenistet; wohin sie auch gehen, sie werden keine finden, die ebensolche Vornehmheit besitzt; wohin sie auch gehen, sie werden stolz sein auf ihre frühere Heimstatt.«

Nun galt es zunächst, das Geld zu holen; und wohin, glauben Sie, führte er uns: gerade zu jener Tür dort. – Er zog einen Schlüssel hervor, ging hinein und kam sofort mit einer Summe von zehn Pfund in Gold und einem Scheck auf Coutts für den Rest zurück, zahlbar an den Überbringer, und unterzeichnet mit einem Namen, den ich nicht nennen kann, obwohl dieser Name gerade einen der Höhepunkte meiner Geschichte bildet, aber so viel sei gesagt: Es war ein sehr bekannter und oft gedruckter Name. Die Summe war bedeutend, aber die Unterschrift war gut auch noch für mehr, falls sie echt war. Ich nahm mir die Freiheit, meinen Gentleman darauf hinzuweisen, dass die ganze Geschichte recht zweifelhaft aussähe, dass im gewöhnlichen Leben ein Mann nicht um vier Uhr morgens durch eine Kellertür geht und mit eines anderen Mannes Scheck über annähernd hundert Pfund wieder herauskommt. Aber er blieb ganz ruhig und grinste nur höhnisch. ›Beruhigen Sie sich nur‹, meinte er, ›ich werde bei Ihnen bleiben, bis die Bank geöffnet wird, und den Scheck selbst einlösen.‹ So machten wir uns denn alle auf den Weg, der Doktor und der Vater des Kindes und unser Freund und ich selber, und verbrachten den Rest der Nacht in meinem Büro. Nach dem Frühstück begaben wir uns dann am Vormittag gemeinsam zur Bank. Ich zeigte selbst den Scheck vor und bemerkte, ich hätte allen Grund, anzunehmen, dass es sich um eine Fälschung handle. Keine Spur! Der Scheck war echt!«

Dieses Aquarell von 1900 zeigt die Haupthalle der Bank Coutts. 1885 hatte die Bank noch keine Filialen. Es war also diese Halle am Strand, in die Hyde kam, um den Scheck einzulösen.

»Pfui, pfui!«, warf Mr. Utterson ein.

»Ich sehe, du hast das gleiche Empfinden wie ich«, sagte Mr. En-

» »Keine Spur! Der Scheck war echt!« «

field. »Ja, es war eine hässliche Geschichte; denn mein Mann war ein Bursche, mit dem niemand etwas zu tun haben mochte, ein hundsmiserabler Kerl; und die Persönlichkeit, auf die der Scheck lautete, bedeutet den Gipfel der Wohlanständigkeit, berühmt und (was die Sache besonders schlimm macht) ein Studiengenosse von dir, der als das, was man so wohltätig nennt, bekannt ist. 'ne Erpressung, vermute ich. Ein anständiger Kerl, der wahrscheinlich für irgendwelche Jugendtorheiten bluten muss. Daher nenne ich auch jenes Gebäude mit der Tür das

›Erpresserhaus‹. Aber auch das, weißt du, erklärt bei weitem nicht alles«, fügte er nachdenklich hinzu.

Aus seinem Grübeln riss ihn Mr. Uttersons etwas unvermutete Frage: »Und du weißt nicht, ob der Aussteller des Schecks dort wohnt?«

»Das wäre ein passender Platz, nicht wahr?«, entgegnete Mr. Enfield. »Aber zufällig kenne ich seine Adresse. Er wohnt in einem andern Viertel.«

»Und du hast dich nie nach – nach dem Platz mit der Tür erkundigt?«, fragte Mr. Utterson.

»Nein, Verehrtester: Ich hatte eine gewisse Scheu«, war die Antwort. »Ich stelle überhaupt sehr ungern Fragen; es schmeckt mir zu sehr nach einem Verhör. Du wirfst eine Frage auf und es ist, als hättest du einen Stein ins Rollen gebracht. Du sitzt gemächlich auf der Spitze des Hügels und der Stein rollt talwärts und reißt andere mit; bald wird irgendein sanfter, alter Vogel (an den du am wenigsten gedacht hättest) in seinem eigenen Garten am Kopfe getroffen und der Familie bleibt nur übrig ihren Namen zu ändern. Nein, Verehrtester, ich mach es mir zur Regel: Je mehr eine Sache verdächtig aussieht, desto weniger frage ich.«

»Eine sehr vernünftige Regel«, meinte der Anwalt.

»Aber ich habe mir selbst den Platz genau angesehen«, fuhr Mr. Enfield fort. »Man kann es kaum ein Haus nennen, es gibt keine weitere Tür dort und durch diese eine geht niemand aus oder ein mit Ausnahme des Gentlemans meines Abenteuers, und auch der nur äußerst selten. Drei Fenster sind dann noch vorhanden, die von dem ersten Stock auf den Hof hinaus blicken; unten überhaupt keins. Die Fenster sind stets verschlossen, aber sie sind sauber. Dann ist ferner ein Schornstein vorhanden, der meistens raucht. Es muss also jemand dort wohnen, und doch ist das wieder nicht so ganz sicher; denn die Gebäude stehen in jenem Hofe so zusammengedrängt, dass man kaum sagen kann, wo das eine endet und das andere beginnt.«

Wieder schritt das Paar eine Weile still und versunken weiter, dann sagte Mr. Utterson: »Enfield, das ist eine gute Regel.«

»Ja, das meine ich auch«, erwiderte Enfield.

»Aber trotzdem«, fuhr der Anwalt fort, »gibt es einen Punkt, über den ich mich noch erkundigen möchte. Ich möchte den Namen des Mannes wissen, der das Kind niedertrampelte.«

»Schön«, entgegnete Mr. Enfield, »ich sehe nicht ein, was das schaden könnte. Es war ein Mann namens Hyde.«

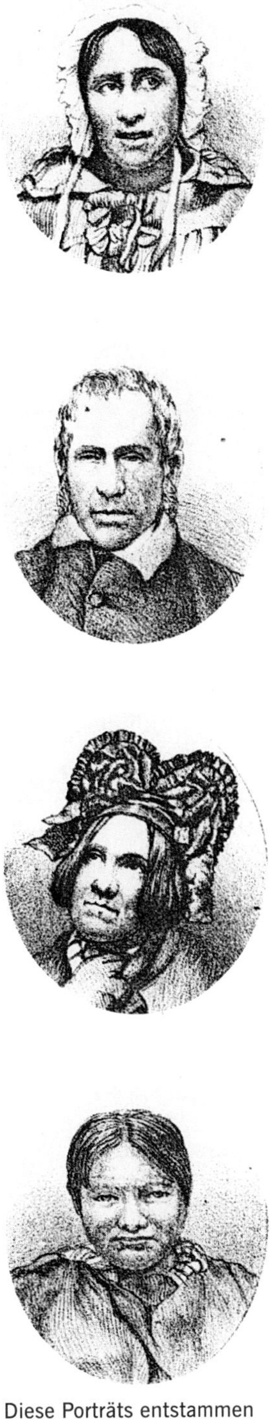

Diese Porträts entstammen einer zeitgenössischen Veröffentlichung über den Wahnsinn.

Zahlreiche pseudowissenschaftliche Studien stellten damals eine Verbindung zwischen körperlichen Missbildungen und anormalen Charakterzügen her. Die Beschreibung, die Stevenson von Hyde gibt, trägt diesem verbreiteten Glauben Rechnung.

»Hm«, sagte Mr. Utterson, »wie sieht der Mensch aus?«

»Er ist nicht leicht zu beschreiben. Es liegt etwas Schlimmes in seiner Erscheinung; etwas Unangenehmes, etwas geradezu Widerwärtiges. Noch nie sah ich einen Menschen, der mir so missfiel, und dennoch weiß ich kaum, weshalb. Er muss irgendwie missgestaltet sein. Man hat das starke Gefühl der Missgestaltung, obwohl ich nicht festzustellen vermochte, inwiefern. Er ist ein ganz ungewöhnlich aussehender Mann, und doch vermag ich tatsächlich nichts in dieser Hinsicht namhaft zu machen. Nein, Verehrtester, ich kann darüber beim besten Willen nichts sagen; ich kann ihn nicht beschreiben, aber es ist nicht etwa eine Lücke in meinem Gedächtnis, denn ich erkläre dir, ich sehe ihn in diesem Momente deutlich vor mir.«

Mr. Utterson ging wieder eine Weile schweigend und offenbar in tiefes Nachdenken versunken weiter. »Bist du sicher, dass er einen Schlüssel benutzte?«, erkundigte er sich endlich.

»Aber mein Lieber ...«, begann Enfield, vor Erstaunen außer sich.

»Ja, ja, ich weiß«, sagte Utterson, »ich weiß, diese Frage muss dir seltsam vorkommen. Tatsache ist, wenn ich mich nicht nach dem Namen des andern Partners erkundige, so hat das seinen Grund darin, dass ich ihn bereits kenne. Du siehst, Richard, deine Geschichte hat auf mich einen tiefen Eindruck gemacht. Falls du in irgendeinem Punkte unexakt gewesen bist, wäre es gut, das zu berichtigen.«

»Du hättest mich eigentlich warnen können«, erwiderte der andere mit einem Anflug von Verstimmtheit, »aber ich bin pedantisch genau gewesen, wie du zu sagen pflegst. Der Bursche hatte einen Schlüssel und, was wichtiger ist, er besitzt ihn noch. Noch keine Woche ist es her, als ich ihn den Schlüssel benutzen sah.«

Mr. Utterson seufzte tief, sprach aber kein Wort mehr, und der Jüngere fuhr nach einer Weile fort: »Das ist mir wieder eine Lehre, nicht zu schwatzen. Ich schäme mich meines losen Mauls. Wir wollen uns das Versprechen geben, nie wieder auf diese Sache zurückzukommen.«

»Von Herzen gern«, stimmte der Anwalt zu, »Hand darauf, Richard.«

2

Auf der Suche nach Mr. Hyde

An jenem Abend kam Mister Utterson, von schweren Gedanken gequält, nach Hause in seine Junggesellenwohnung und ohne jeden Appetit setzte er sich zum Abendessen. Es war seine Sonntagsgewohnheit, nach vollendetem Mahl dicht neben dem Kamin zu sitzen, ein Buch mit irgendeiner trockenen Bibelauslegung vor sich auf einem Lesepult, bis die Glocke der benachbarten Kirche die Mitternachtsstunde schlug. Dann ging er nüchtern und dankerfüllt zu Bett. Am heutigen Abend jedoch ergriff er, sobald das Tischtuch abgenommen war, eine Kerze und begab sich in sein Büro. Dort öffnete er den Geldschrank und entnahm seinem verborgensten Fach ein Dokument, das auf dem Umschlag die Bezeichnung »Dr. Jekylls letzter Wille« trug, und setzte sich mit umwölkter Stirn zurecht, um den Inhalt zu studieren. Das Testament war mit der Hand geschrieben; denn Mr. Utterson hatte sich geweigert – obwohl er es jetzt, nachdem es nun einmal fertig gestellt war, in Gewahrsam genommen – bei seiner Abfassung auch nur den geringsten Beistand zu leisten. Das Testament bestimmte nicht nur, dass im Falle des Ablebens des besagten Henry Jekyll, M. D., D. C. L., L. L. D., F. R. S. und so weiter, sein gesamtes Vermögen den Händen seines »Freundes und Wohltäters Edward Hyde« zu übergeben sei, sondern dass im Falle von Dr. Jekylls »Verschwinden oder unaufgeklärter Abwesenheit für länger als drei Kalendermonate« der besagte Edward Hyde in des besagten Dr. Henry Jekylls Rechte ohne jeden weiteren Verzug und frei von allen Lasten oder Verpflichtungen außer der Zahlung von ein paar geringfügigen Summen an die Angehörigen von des Doktors Haushalt treten sollte. Dieses Dokument war dem Anwalt

» Am heutigen Abend jedoch ergriff er … eine Kerze und begab sich in sein Büro. Dort öffnete er den Geldschrank und entnahm seinem verborgensten Fach ein Dokument … «

Cavendish Square wurde Anfang des 18. Jahrhunderts für Edward Harley, den zweiten Grafen von Oxford, angelegt und nach seiner Frau, Lady Henrietta Cavendish, benannt. Das ganze Jahrhundert hindurch wurde um den Platz gebaut; viele angesehene Londoner ließen sich dort nieder. Ende des 19. Jahrhunderts lebte der Chirurg, Pathologe und Neurologe Sir Jonathan Hutchinson im Haus Nr. 15.

schon lange ein Dorn im Auge gewesen. Es irritierte ihn, sowohl in seiner Eigenschaft als Anwalt, wie als Anhänger einer gesunden und den traditionellen Gewohnheiten entsprechenden Lebensführung. Dünkte ihn doch grillenhafte Fantasterei fast als etwas Unschickliches. Außerdem verstärkte seine Unkenntnis dieses Mr. Hyde noch seine Abneigung. Jetzt kannte er ihn plötzlich. Es war schon schlimm genug, als der Name lediglich ein Name war, über den er nicht mehr zu erfahren vermochte. Um wie viel ärger war es jetzt, da sich an diesen Namen so abscheuliche Attribute zu heften begannen; und heraus aus dem schwankenden, ungreifbaren Dunste, der so lange seine Augen verschleiert hatte, löste sich plötzlich die konkrete Vorstellung eines Teufels.

»Ich glaubte, es wäre Wahnsinn«, sagte er, während er die ominösen Schriftstücke wieder in das Safe legte, »und jetzt regt sich in mir die Furcht, dass es Schande bedeutet.«

Damit blies er die Kerze aus, zog einen weiten Mantel über und machte sich auf in Richtung Cavendish Square, der Hochburg medizinischer Wissenschaft, wo sein Freund, der berühmte Dr. Lanyon, sein Haus hatte und seine zahlreichen Patienten empfing. »Wenn überhaupt jemand, wird Lanyon es wissen«, überlegte er bei sich.

Das Gemälde von 1883 zeigt einen Butler und seinen Herrn. Die dunklen Farben der Ausstattung entsprechen dem Geschmack der viktorianischen Zeit.

Der feierliche Butler erkannte und begrüßte ihn. Er brauchte nicht erst zu warten, sondern wurde direkt von der Haustür in das Speisezimmer geführt, wo Dr. Lanyon allein beim Weine saß. Lanyon war ein robuster, gesunder, gepflegter Mann mit rotem Gesicht, einer Löwenmähne vorzeitig ergrauter Haare und von polterndem und entschiedenem Wesen. Sobald er Mr. Utterson erblickte, sprang er aus seinem Lehnstuhl auf und streckte ihm beide Hände zur Begrüßung entgegen. Die Herzlichkeit des Mannes wirkte etwas theatralisch, entsprang aber ehrlichem Gefühl. Denn diese zwei waren alte Freunde, alte Kameraden von Schule und Universität her, beide von hoher Selbstachtung und Achtung für den andern und, was damit nicht immer gleichbedeutend ist, zwei Männer, die einer an des andern Gesellschaft aufrichtige Freude empfanden.

Nach kurzem, gleichgültigem Gespräch lenkte der Anwalt auf den Gegenstand über, der seinen Geist in so unangenehmer Weise beschäftigte.

»Ich glaube, Lanyon«, sagte er, »du und ich sind wohl die beiden ältesten Freunde, die Henry Jekyll besitzt?«

»Ich wünschte, die Freunde wären jünger«, kicherte Dr. Lanyon, »aber ich denke, du hast Recht. Doch was soll das? Ich sehe ihn jetzt nur selten.«

»Wirklich?«, fragte Utterson. »Ich dachte, euch verknüpfen doch gemeinsame Interessen.«

»Das war einmal«, lautete die Antwort, »aber es ist schon länger als zehn Jahre her, seit Henry Jekyll für meinen Geschmack zu grillenhaft wurde. Er begann auf Abwege zu geraten, auf geistige Abwege; und obgleich ich natürlich noch immer Interesse an ihm nehme, um der alten Zeiten willen, sehe ich und habe ich schon lange verteufelt wenig von dem Manne gesehen. Ein derart unwissenschaftliches Gewäsch«, fügte der Doktor plötzlich zornrot hinzu, »würde selbst Damon und Pythias entfremdet haben.«

Der Eingangsbereich eines Hauses aus dem 18. Jahrhundert am Cavendish Square. In einem solchen Haus könnte Dr. Lanyon gewohnt haben.

Dieser kleine Temperamentsausbruch bereitete Mr. Utterson eine gewisse Erleichterung. »Sie haben sich nur irgendeiner wissenschaftlichen Frage wegen entzweit«, dachte er; und da er ohne wissenschaftliche Leidenschaft war (außer in Sachen von Zessionen), fügte er sogar hinzu: »Na, wenn es nichts Schlimmeres ist!« Er ließ seinem Freunde ein paar Sekunden Zeit, sich wieder zu fassen, und nahm dann erneut die Frage auf, derentwegen er gekommen war.

»Ist dir jemals ein Protégé von ihm – ein gewisser Hyde – über den Weg gelaufen?«, erkundigte er sich.

»Hyde?«, wiederholte Lanyon. »Nein, habe nie von ihm gehört. War nicht zu meiner Zeit.«

Das war das gesamte Ergebnis, das der Anwalt mit nach Hause brachte in das große

Old Town heißt das mittelalterliche Viertel von Edinburgh, in dem viele Arme und Banditen lebten.

düstere Bett, auf dem er sich hin und her wälzte, bis die Stunden nach Mitternacht in die Morgenstunden übergingen. Es war keine Nacht, um sein grübelndes Denken zu erleichtern, sich abquälend in tiefster Dunkelheit und bestürmt von Fragen.

Sechs Uhr dröhnte es von den Glocken der Kirche, die so angenehm nahe bei Mr. Uttersons Wohnung lag, und noch immer wühlte er in diesen Problemen herum.

Bisher hatte ihn die Sache lediglich vom Standpunkte der Vernunft aus interessiert, jetzt aber war seine Einbildungskraft aufgestachelt, oder richtiger, davon gefesselt. Und wie er so dalag und sich in der tiefen Finsternis der Nacht und des verhängten Schlafgemachs hin und her warf, zog Mr. Enfields Erzählung gleich einer Reihe von Bildern einer Laterna magica an seinem Geiste vorbei. Er sah vor sich die unzähligen Lampen einer mitternächtlichen Stadt; dann die Gestalt eines rasch dahineilenden Mannes; dann die eines Kindes, das eilig vom Doktor kam; dann stießen die beiden aufeinander und der Kobold in Menschengestalt rannte das Kind nieder und schritt ungeachtet der Angstschreie weiter. Oder er erblickte ein Zimmer in einem reichen Hause, in dem sein Freund schlafend liegt, träumend und lächelnd über seine Träume; und dann wird die Tür des Zimmers geöffnet, die Vorhänge an dem Bett werden zur Seite gezerrt, der Schläfer erwacht und – blickt nur hin! – dort zu seiner Seite steht eine Gestalt, der Macht verliehen ist, und selbst in dieser nächtlichen Stunde muss er aufstehen und tun nach ihrem Gebot. In diesen zwei Wandlungen hetzte die Gestalt den Anwalt die ganze lange Nacht; und wenn er wirklich einmal in Schlummer fiel, sah er doch nur sie, wie sie verstohlen zwischen den schlafenden Häusern dahingleitet oder schnell und immer schneller mit einer Hast, die einen schwindeln macht, durch das weite Labyrinth einer lampenerhellten Stadt rast und an jeder Straßenkreuzung ein Kind zu Boden reißt und es jammernd liegen lässt. Und noch immer besitzt das Gespenst kein Antlitz, das man zu erkennen vermöchte. Selbst in seinen Träumen hat es kein Gesicht oder höchstens eines, das ständig vor seinen Augen in Nacht verschwimmt; und so keimte auf und wuchs in des Anwalts Hirn eine unwiderstehliche, starke, fast krankhafte Neugier, die Gesichtszüge des wirklichen Mr. Hyde zu erblicken. Könnte er auch nur einmal sein

Auge auf ihn heften, dann, dachte er, würde sich dieses Geheimnis schon lichten, ja vielleicht gänzlich schwinden, wie es gewöhnlich mit mysteriösen Dingen geht, wenn man sie nur sorgfältig prüft. Dann würde er schon einen Grund erkennen für seines Freundes befremdende Vorliebe oder Abhängigkeit (mochte man es nennen, wie es einem beliebte) und auch für die überraschenden Bestimmungen des Testamentes. In jedem Falle würde es ein Gesicht sein, des Ansehens wert: das Antlitz eines Mannes, dem jede Regung des Mitgefühls fremd ist: ein Gesicht, das sich nur zu zeigen braucht, um in dem Geiste des sonst so unbewegten Enfield ein Gefühl unauslöschlichen Hasses aufspringen zu lassen.

Von dieser Zeit an begann Mr. Utterson die Tür in der Nebenstraße mit den Läden zu überwachen. Am frühen Morgen vor Geschäftsbeginn, mittags, wenn die Geschäfte drängten und Zeit kostbar war, nachts, im Scheine des trüben City-Mondes, zu allen Tageszeiten und zu allen Stunden, in Einsamkeit und unter Menschengewimmel konnte man den Anwalt auf seinem selbst gewählten Posten finden.

»Wenn Mr. Hyde mit mir Verstecken spielen will«, dachte er, »werde ich ihn suchen.«

Und endlich wurde seine Geduld belohnt. Es war eine schöne, klare Nacht, Frost lag in der Luft, die Straßen sauber wie ein Tanzboden, die Lampen, von keinem Windhauch bewegt, zeichneten ein regelmäßiges Muster von Licht und Schatten. Zehn Uhr schlug es, die Läden waren geschlossen, und einsam, trotz der leisen Geräusche von London um sie her, lag die Nebenstraße schweigend da. Jeder Ton wurde weithin getragen und das Geräusch häuslicher Tätigkeit war deutlich zu beiden Seiten des Fahrdammes zu vernehmen; schon lange vorher hörte man den Klang der sich nähernden Schritte eines jeden Passanten. Mr. Utterson befand sich erst wenige Minuten auf seinem Posten, als er einen seltsam leichten Tritt herannahen hörte. Im Verlauf seiner nächtlichen Patrouillen hatte er lange gelernt den eigentümlichen Klang aufzufassen, mit dem der Schritt des Einzelnen, während er sich noch in weiter Entfernung befindet, sich plötzlich und klar aus dem wüsten Gesumm und Gelärm der Stadt abhebt. Doch noch nie vorher war seine Aufmerksamkeit so scharf und eindringlich erregt worden, und mit

Die im 18. Jahrhundert entstandene New Town von Edinburgh ist ein elegantes Viertel. Die Fassade von Dr. Jekylls Haus entspricht der Vornehmheit von New Town, während die Rückseite, an der Hyde das Haus betritt, an die verrufene Old Town erinnert – eine beabsichtigte Symbolik.

»Mr. Hyde schien zu zögern, doch dann, wie nach plötzlicher Überlegung, hob er mit herausfordernder Miene den Kopf ...«

dem starken, ja fast abergläubischen Vorgefühl der Erfüllung zog er sich in den Hofeingang zurück.

Die Schritte kamen rasch näher und wurden plötzlich lauter, als sie um die Ecke der Straße bogen. Der Anwalt, scharf aus dem Hofeingang hervorspähend, konnte bald erkennen, mit was für einer Sorte Mensch er es zu tun hatte. Der Mann war klein und äußerst einfach gekleidet und sein Blick, selbst auf diese Entfernung hin, berührte den Beobachter peinlich unangenehm. Die Gestalt ging quer über die Straße, um Zeit zu sparen, stracks auf die Tür zu und zog, wie jemand, der sich seinem Hause nähert, einen Schlüssel aus der Tasche.

Mr. Utterson trat vor und klopfte ihr, als sie vorüberschritt, auf die Schulter. »Mr. Hyde, wenn ich mich nicht irre.«

Mr. Hyde wich zurück und zog zischend den Atem ein. Aber sein Schreck war nur momentan, und obgleich er dem Anwalte nicht ins Gesicht blickte, antwortete er vollkommen ruhig: »So heiße ich, was wünschen Sie?«

»Ich sehe, Sie wollen hineingehen«, erwiderte der Anwalt. »Ich bin ein alter Freund Doktor Jekylls – Mr. Utterson von Gaunt Street –, Sie müssen meinen Namen schon gehört haben, und da ich Sie zu so günstiger Stunde treffe, möchte ich Sie bitten, mich ebenfalls einzulassen.«

»Sie werden Doktor Jekyll nicht zu Hause finden, er ist ausgegangen«, erwiderte Mr. Hyde, auf seinem Schlüssel pfeifend. Und dann plötzlich, aber immer noch ohne aufzublicken: »Woher kennen Sie mich?«

Eine Ansicht des Soho Square aus dem Jahre 1812. Obwohl in Soho noch viele aristokratische Wohnhäuser aus der Vergangenheit standen, entwickelte es sich Ende des 19. Jahrhunderts zu einem eher verrufenen Viertel.

»Würden Sie mir einen Gefallen erweisen?«, fragte Mr. Utterson.

»Mit Vergnügen«, erwiderte der andere. »Worum handelt es sich?«

»Würden Sie mich wohl Ihr Gesicht sehen lassen?«, fragte der Anwalt.

Mr. Hyde schien zu zögern, doch dann, wie nach plötzlicher Überlegung, hob er mit herausfordernder Miene den Kopf, und die beiden starrten einander ein paar Sekunden lang wie gebannt an. »Jetzt werde ich Sie wiedererkennen«, sagte Mr. Utterson. »Das kann vielleicht einmal nützlich sein.«

»Gewiss«, entgegnete Mr. Hyde, »es ist sehr gut, dass wir uns getroffen haben, und, apropos, Sie wollen meine Adresse haben.« Und er nannte ihm eine Hausnummer in einer Straße in Soho.

»Guter Gott!«, fuhr es Mr. Utterson durch den Kopf, »denkt er dabei vielleicht an das Testament?« Er behielt diesen Gedanken für sich und brummte lediglich einen Dank für die Adresse.

»Und nun«, sagte der andere, »wie haben Sie mich erkannt?«

»Nach Beschreibung«, lautete die Antwort.

»Wessen Beschreibung?«

»Wir haben gemeinsame Freunde«, sagte Mr. Utterson.

»Gemeinsame Freunde?«, wiederholte Mr. Hyde etwas heiser. »Wer sollte das sein?«

»Jekyll zum Beispiel«, sagte der Anwalt.

»Der hat Ihnen nie von mir erzählt!«, rief Mr. Hyde mit zornigem Erröten. »Ich nahm nicht an, dass Sie mich belügen würden.«

»Halt!«, sagte Mr. Utterson, »das ist keine angemessene Redeweise.«

Der andere stieß ein rasendes Gelächter aus. Im nächsten Moment hatte er mit erstaunlicher Schnelligkeit die Tür aufgeschlossen und war in dem Hause verschwunden.

Der Anwalt stand noch, ein Bild innerer Unruhe, eine Zeit lang da, nachdem Mr. Hyde ihn verlassen hatte. Dann ging er langsam die Straße hinauf, alle paar Schritte stehen bleibend und wie in völliger Verstörtheit mit der Hand über die Stirne streichend. Das Problem, das er so im Gehen wälzte, war derart, dass es sich kaum je würde lösen lassen. Mr. Hyde war bleich und gnomenhaft. Er machte den Eindruck eines Verwachsenen, ohne dass man einen Defekt anzugeben vermochte. Er hatte ein unangenehmes Lächeln. Sein Benehmen dem Anwalt gegenüber war gewissermaßen eine mörderische Mischung von Zaghaftigkeit und Unverschämtheit und er

Unter dem Einfluss der Arbeiten Darwins beschrieb Stevenson Hyde mit affenähnlichen Zügen, wohl um seine primitive Natur zu unterstreichen.

Als Charles Darwin 1859 in seinem Werk *Über die Entstehung der Arten* schrieb, dass der Mensch und der Affe gemeinsame Vorfahren haben, erschütterte er damit die bisherigen Auffassungen von Wissenschaft und Religion.

» Ein Haus jedoch, das zweite von der Ecke aus gerechnet, war noch im Ganzen bewohnt. «

sprach mit einer rauen, flüsternden und wie gebrochen wirkenden Stimme. Das waren wohl alles Punkte, die gegen ihn einnahmen, aber alle zusammen vermochten nicht diesen bis dahin nie gekannten Widerwillen zu erklären, nicht den Ekel und die Furcht, mit welcher Mr. Utterson seiner gedachte. »Dahinter muss etwas Besonderes stecken«, dachte der alte Herr bestürzt, »irgendetwas ist noch da, für das ich keinen Namen zu finden vermag; Gott schütze mich, der Mann hat kaum etwas Menschliches an sich! Etwas von einem Troglodyten, könnte man fast sagen, oder handelt es sich um die alte Geschichte vom Doktor Fell? Oder ist es nur der Widerschein einer verfluchten Seele, die hindurchschimmert und den irdischen Körper verunziert? Das wird es sein! Oh, mein armer alter Henry Jekyll, wenn ich je Satans Zeichen auf einem Antlitz erkannte, dann auf dem deines neuen Freundes.«

Gleich um die Ecke der Nebenstraße stand ein Block alter, stattlicher Häuser, jetzt zum größten Teil stark herabgekommen und in Mietwohnungen und Einzelzimmer für Leute aller Berufe und der verschiedensten Lebenslagen aufgeteilt: Landkartenstecher, Architekten, Winkeladvokaten und Agenten zweifelhafter Unternehmungen. Ein Haus jedoch, das zweite von der Ecke aus gerechnet, war noch im Ganzen bewohnt. An der Tür dieses Gebäudes, das Reichtum und Behaglichkeit atmete, obgleich es gegenwärtig bis auf das Türfenster im Dunkel lag, blieb Mr. Utterson stehen und klopfte. Ein livrierter, ältlicher Diener öffnete die Pforte.

»Ist Doktor Jekyll zu Hause, Poole?«, fragte der Anwalt.

»Ich werde nachsehen, Mr. Utterson«, antwortete Poole und ließ den Besucher, während er noch sprach, in eine große, niedrige, komfortable Diele, mit Fliesen ausgelegt, mit kostbaren Eichenschränken ausgestattet und (nach Art eines Landhauses) von einem großen, offenen Feuer durchwärmt, eintreten. »Möchten Sie hier beim Kamin warten, Sir, oder soll ich Ihnen im Speisezimmer Licht anzünden?«

»Hier, besten Dank«, sagte der Anwalt. Damit trat er näher und lehnte sich gegen das hohe Kamingitter. Dieser Vorraum, in dem er jetzt allein blieb, war der besondere Stolz seines Freundes, des Doktors. Utterson selbst pflegte ihn als den entzückendsten Raum in ganz London zu bezeichnen. Heute Nacht jedoch lebte ein Grauen in seinem Blute; das Antlitz Hydes bedrückte sein Gedächtnis. Ekel und Lebensüberdruss (und das geschah ihm selten) erfüllten ihn. In seiner verdüsterten Gemütsstimmung wollte es ihm scheinen, als bedeuteten das flackernde Kaminfeuer auf den polierten Schränken und die unruhigen, unsteten Schatten an der Decke eine Drohung. Er schämte sich fast seiner Erleichterung, als Poole rasch zurückkehrte und ihm mitteilte, dass Dr. Jekyll ausgegangen sei.

»Ich sah Mr. Hyde durch die Tür des alten Seziersaales eintreten, Poole«, sagte er, »ist das erlaubt, wenn Dr. Jekyll ausgegangen ist?«

»Ganz in Ordnung, Mr. Utterson, Sir«, erwiderte der Bediente, »Mr. Hyde besitzt einen Schlüssel.«

» »Ist Doktor Jekyll zu Hause, Poole?«, fragte der Anwalt. «

»Ihr Herr scheint in den jungen Mann großes Vertrauen zu setzen, Poole«, fuhr der andere nachdenklich fort.

»Ja, Sir, das tut er wirklich«, entgegnete Poole, »wir haben strikte Anweisung, ihm zu gehorchen.«

»Soviel ich weiß, bin ich Mr. Hyde nie hier begegnet?«, erkundigte sich Utterson.

»Oh, sicherlich nicht, Sir, er speist niemals hier«, entgegnete der Butler. »Wir sehen ihn nur äußerst selten in diesem Teile des Hauses, meist kommt und geht er durch das Laboratorium.«

»So, so, na, gute Nacht, Poole.«

»Gute Nacht, Mr. Utterson.«

Und mit tief bekümmertem Herzen schritt der Anwalt nach Hause.

Der genaue Standort von Dr. Jekylls Haus wird nirgendwo genannt, doch ist anhand der Beschreibung vorstellbar, dass der Wohnsitz des Doktors einem dieser Londoner Häuser aus dem 18. Jahrhundert ähnelte.

»Armer Henry Jekyll«, dachte er dabei, »mein Herz sagt es mir, er steckt in einer schlimmen Klemme! Als er jung war, lebte er etwas wüst, das ist freilich lange her, aber das göttliche Gesetz kennt keine zeitlichen Grenzen. Ja, das muss es sein. Das Gespenst irgendeiner alten Sünde, der Krebsfraß verborgener Schande: Die Strafe naht, pede claudo, Jahre, nachdem die Erinnerung längst erloschen ist und Eigenliebe den Fehler verziehen hat.« Und erschrocken über diesen Gedanken, brütete der Anwalt lange Zeit über seine eigene Vergangenheit, stöberte in allen Winkeln seiner Erinnerung, ob nicht irgendein Springteufelchen einer alten Schuld ans Tageslicht hüpfen könnte. Doch seine Vergangenheit war völlig fleckenlos. Wenige Menschen konnten wohl die Rolle ihres Lebens mit so wenig Furcht studieren; dennoch fühlte er sich tief gedemütigt durch zahlreiche böse Dinge, die er getan, und doch auch wieder von stiller, ehrfurchtsvoller Dankbarkeit erfüllt, dachte er an die vielen anderen, die ihn fast zum Straucheln gebracht und die er doch vermieden hatte.

Als er sein Denken dann wieder dem früheren Gegenstande zuwandte, empfand er einen Hoffnungsschimmer. »Dieser Mister Hyde«, überlegte er, »würde, wenn man sich nur mit ihm eingehend beschäftigte, wohl selbst manche Geheimnisse haben: düstere Geheimnisse, nach seinem Blick zu schließen; Geheimnisse, mit denen verglichen des armen Jekylls Schuld rein wie Sonnenschein strahlen würde. So kann die Sache nicht weitergehen; es überläuft mich kalt, wenn ich denke, dass sich diese Kreatur gleich einem Dieb an Henrys Bett schleicht; armer Henry, welch ein Erwachen! Und Gefahr droht! Wenn dieser Hyde die Existenz des Testaments wittert, könnte ihn die Ungeduld packen, das Erbe anzutreten. Ja, ich muss meine Schultern gegen das Rad stemmen, – wenn Jekyll mich nur ließe!«, fügte er hinzu. »Wenn Jekyll das nur zuließe!«

Und wieder traten vor sein geistiges Auge klar wie ein Transparent die seltsamen Klauseln des Testaments.

Der Empfangssalon des Linley Sambourne House sieht noch heute so aus wie Ende des 19. Jahrhunderts. Das Haus ist ganz in dem Stil gehalten, den die Mittelschicht bevorzugte: Deutlich erkennbar ist eine Vorliebe für überladene Ausstattung.

3

Dr. Jekyll benimmt sich vollkommen unbefangen

Vierzehn Tage danach, ein glückliches Spiel des Zufalls, gab der Doktor einigen fünf oder sechs alten Busenfreunden, lauter klugen, angesehenen Männern und Kennern guter Weine, eines seiner amüsanten Diners. Mr. Utterson richtete es so ein, dass er noch blieb, als die anderen schon gegangen waren. Das war nichts Neues, sondern eine Sache, die schon dutzend Mal vorgekommen war. Wo Utterson beliebt war, war er wirklich beliebt. Die Gastgeber hielten den nüchternen Anwalt gerne zurück, wenn die Leichtherzigen und Geschwätzigen bereits ihre Füße auf die Türschwelle gesetzt hatten; sie liebten es, eine Zeit lang still in seiner nie auf-

» Mr. Utterson richtete es so ein, dass er noch blieb, als die anderen schon gegangen waren. «

dringlichen Gesellschaft zu sitzen, als Vorbereitung auf die Einsamkeit, und nach den Aufwendungen und Anstrengungen der Fröhlichkeit bei des Mannes kostbarem Schweigen ihren Geist zu klären. Zu dieser Regel bildete Dr. Jekyll keine Ausnahme, und als er ihm jetzt am Kamin gegenübersaß – ein großer wohlgestalteter Mann mit ruhigem Gesicht, in den Fünfzigern, vielleicht mit einem etwas allzu schlauen Ausdruck, aber doch allen Zeichen von Klugheit und Güte –, konnte man an seinen Blicken sehen, dass er Mr. Utterson eine aufrichtige und warme Zuneigung entgegenbrachte.

»Ich muss mit dir dringend sprechen, Jekyll«, begann der Letztere. »Du erinnerst dich doch an dein Testament.«

Ein scharfer Beobachter hätte vielleicht bemerkt, dass das Thema sehr unwillkommen kam, und doch nahm der Doktor es völlig heiter auf. »Mein armer Utterson«, sagte er, »du bist unglücklich über diesen Klienten. Ich sah noch niemals einen Menschen sich so elend fühlen, wie du es angesichts meines Testaments tatest, höchstens jenen dickfelligen Pedanten Lanyon über meine so genannte wissenschaftliche Ketzerei. Oh, ich weiß, er ist ein guter Kerl – du brauchst gar nicht die Stirne zu runzeln, ein famoser Bursche, und ich bin überzeugt, man kann noch viel von ihm erwarten; aber trotzdem ein dickfelliger Pedant, ein dummer, polternder Pedant. Kein Mensch hat mich im Leben so enttäuscht wie Lanyon.«

»Du weißt, ich habe es nie gebilligt«, fuhr Utterson unter rücksichtsloser Missachtung des neuen Themas fort.

»Mein Testament? Ja natürlich, das weiß ich«, entgegnete der Doktor eine Spur schärfer, »das hast du mir schon oft genug gesagt.«

»Gewiss, und ich sag es dir wieder«, fuhr der Anwalt fort, »ich habe inzwischen Verschiedenes über den jungen Hyde erfahren.«

Das groß geschnittene Antlitz Dr. Jekylls wurde bleich bis in die Lippen und seine Augen verdüsterten sich. »Ich wünsche hierüber nichts mehr zu hören. Das ist eine Angelegenheit, meine ich, die wir vereinbart hatten nicht mehr zu berühren.«

»Was ich hörte, war einfach scheußlich«, sagte Utterson.

»Das ändert nichts daran, du verstehst meine Lage nicht«, wiederholte der Doktor in ziemlicher Verwirrung. »Ich befinde mich in einer qualvollen Situation, Utterson. Meine Lage ist sehr seltsam – ungewöhnlich seltsam. Es ist eine von jenen Affären, die sich durch Sprechen nicht bessern lassen.«

» Das groß geschnittene Antlitz Dr. Jekylls wurde bleich bis in die Lippen … «

Stich von Robert William Edis aus einem Einrichtungsbuch von 1881.

»Jekyll«, sagte Utterson, »du kennst mich: Ich bin ein Mann, dem man vertrauen kann. Schütte mir dein Herz aus, und ich zweifle keinen Augenblick, ich kann dir heraushelfen.«

Ein chemisches Experiment im Hörsaal der 1799 gegründeten Royal Institution in der Albemarle Street. Die Royal Institution sollte die Umsetzung der Wissenschaft in die Praxis vermitteln.

»Mein guter Utterson«, sagte der Doktor, »das ist sehr lieb von dir, es ist unendlich gut von dir und ich kann keine Worte finden dir zu danken. Ich glaube dir restlos. Ich würde dir mehr vertrauen als jedem anderen Menschen auf der Welt, ja mehr als mir selbst, wenn ich die Wahl hätte, aber wirklich, es ist nicht das, was du vermutest. Es ist nicht so schlimm und, um dein gutes Herz zu beruhigen, will ich dir wenigstens eine Sache sagen: Sobald ich es will, kann ich mich von Mr. Hyde befreien, darauf geb ich dir meine Hand, und vielen, vielen Dank! Und jetzt möchte ich nur noch ein kleines Wort sagen, Utterson, und ich bin überzeugt, du wirst es nicht übel nehmen: Dies ist eine Privatsache und ich bitte dich, lass sie ruhen.«

Utterson blickte ins Feuer und überlegte eine Weile.

»Ich bin überzeugt, du hast vollkommen Recht«, sagte er endlich und stand auf.

»Sehr schön«, fuhr der Doktor fort, »allein da wir einmal und, wie ich hoffe, zum letzten Mal diese Geschichte berührt haben, gibt es noch einen Punkt, von dem ich gerne möchte, dass du ihn verstehst. Ich nehme wirklich ein sehr großes Interesse an dem armen Hyde. Ich weiß, du hast ihn gesehen. Er erzählte es mir und ich fürchte, er war unverschämt. Aber ich nehme ganz aufrichtig ein großes, ein sehr großes Interesse an dem jungen Menschen, und wenn ich einmal dahingegangen bin, Utterson, wünschte ich, dass du mir versprächest dich seiner anzunehmen und seine Rechte zu wahren. Wenn du alles wüsstest, würdest du es tun, und es würde mein Herz sehr beruhigen, wenn du mir das versprechen wolltest.«

»Ich kann dir nicht vorheucheln, dass ich ihn je lieben werde«, sagte der Anwalt.

»Das verlange ich auch nicht«, verteidigte sich Jekyll und legte seine Hand auf des andern Arm. »Ich fordere nur Gerechtigkeit. Ich bitte dich nur um meinetwillen ihm zu helfen, wenn ich nicht mehr bin.«

Utterson stieß einen tiefen Seufzer aus. »Schön«, sagte er, »ich verspreche es.«

» Utterson stieß einen tiefen Seufzer aus. »Schön«, sagte er, »ich verspreche es.« «

4

Der Mordfall Carew

»Als sie so dasaß, erblickte sie einen bejahrten, vornehmen Herrn mit weißem Haar, der die Gasse entlang näher kam.«

Etwa ein Jahr später, im Oktober 18**, wurde London durch ein Verbrechen von einzigartiger Scheußlichkeit aufgeschreckt und die hohe Stellung des Opfers machte es noch bemerkenswerter. Die Einzelheiten waren spärlich und überraschend. Ein Dienstmädchen, das allein in einem Hause unfern vom Flusse lebte, war etwa um elf Uhr nach oben gegangen, um sich schlafen zu legen. Obwohl in den frühen Morgenstunden dichter Nebel die Stadt verhüllte, war der Abend wolkenlos und die Gasse, auf die das Fenster des Mädchens hinabblickte, vom Vollmond hell erleuchtet. Anscheinend war das junge Ding etwas romantisch veranlagt; denn es ließ sich auf seinen Koffer nieder, der unmittelbar unter dem Fenster stand, und verfiel in süße Träumerei. Nie (pflegte das Mädchen unter strömenden Tränen zu sagen, sooft es jene Geschichte erzählte), nie habe es sich friedvoller mit allen Menschen verbunden gefühlt, nie liebevoller von der Welt gedacht. Als sie so dasaß, erblickte sie einen bejahrten, vornehmen Herrn mit weißem Haar, der die Gasse entlang näher kam. Ein zweiter, sehr kleiner Herr, dem sie zuerst nur wenig Beachtung schenkte, beeilte sich ihn einzuholen. Als sich die beiden auf Hörweite einander genähert hatten (und das geschah unmittelbar unter des Mädchens Augen), verbeugte sich der ältere Mann und redete den andern in außerordentlich zuvorkommender Weise an. Es hatte nicht den Anschein, als wenn der Gegenstand

seiner Frage besonders wichtig wäre. Aus der Art, wie er in eine bestimmte Richtung zeigte, schien hervorzugehen, dass er sich lediglich nach dem Wege erkundigte. Während er sprach, fiel der Mond auf sein Gesicht, und das Mädchen betrachtete ihn mit Wohlgefallen, denn aus seinem Antlitz sprach eine so unschuldige und altmodische Freundlichkeit, freilich mit etwas Hochmut gepaart, wie man das bei einem wohlsituierten und mit sich selbst zufriedenen Manne häufig findet. Bald wandten sich ihre Augen dem andern zu und sie war überrascht in ihm einen gewissen Mr. Hyde wiederzuerkennen, der einmal ihren Herrn besucht hatte und gegen den sie eine große Abneigung hegte. Mr. Hyde trug in seiner Hand einen schweren Stock, mit dem er herumfuchtelte, doch er antwortete mit keiner Silbe und schien mit schlecht verhehlter Ungeduld zuzuhören. Und dann, ganz plötzlich, brach er in wütendem Zorne los, stampfte mit dem Fuß, schwang seinen Stock und führte sich (nach der Beschreibung des Mädchens) wie ein Besessener auf. Der alte Herr trat mit der Miene höchster Überraschung und etwas gekränkt einen Schritt zurück. Jetzt durchbrach Mr. Hyde alle Schranken, knüttelte ihn nieder und im nächsten Augenblick, mit der Raserei eines Affen, trat er sein Opfer mit Füßen und ließ einen ganzen Hagel von Schlägen auf den Wehrlosen niedersausen, unter deren Wucht die Knochen hörbar krachten und der Körper auf dem Fahrdamm zuckte. Aus Schreck über diesen Anblick und die furchtbaren Geräusche wurde das Mädchen ohnmächtig.

Diese zeitgenössischen Illustrationen zeigen Dienstmädchen in Arbeitskleidung. Junge Mädchen, die mit 13 oder 14 Jahren in Stellung gingen, halfen zunächst in der Küche. Später wurden sie Zimmermädchen oder Köchinnen.

Es war bereits zwei Uhr, als sie zu sich kam und die Polizei rief. Der Mörder hatte sich längst auf und davon gemacht, aber in der Mitte der Gasse lag das Opfer, schrecklich zugerichtet. Der Knüppel, mit dem Hyde die Tat verübt hatte, war, obwohl er aus einem seltenen, sehr zähen und schweren Holz bestand, unter der Wucht dieser sinnlosen Grausamkeit mitten durchgebrochen, und das eine abgesplitterte Stück war in die nahe Gosse gerollt – das andere hatte der Mörder zweifellos mit fortgenommen. Man fand bei der Leiche eine Börse und eine goldene Uhr, aber weder Visitenkarten noch irgendwelche Papiere außer einem versiegelten und frankierten Brief, den der Herr wahrscheinlich gerade auf die Post hatte tragen wollen und der Name und Adresse von Mr. Utterson trug.

Dieses Schriftstück wurde am nächsten Morgen dem Anwalt überbracht, noch bevor er aufgestanden war. Kaum hatte er das Schreiben erblickt, kaum waren ihm die näheren Umstände mitgeteilt worden, als er mit feierlicher Miene bemerkte: »Bevor ich den Leichnam nicht gesehen habe, werde ich kein Wort sagen. Es scheint sich um etwas sehr Ernstes

zu handeln. Haben Sie die Freundlichkeit, zu warten, während ich mich ankleide.« Mit der gleichen ernsten Haltung nahm er rasch sein Frühstück ein und eilte auf die Polizeiwache, wohin der Tote geschafft worden war. Sobald der Anwalt die Zelle betreten hatte, nickte er.

1829 entstand eine Polizeidienststelle in der Straße Scotland Yard, direkt neben Whitehall (oben).

»Ja, ich erkenne ihn«, sagte er. »Es schmerzt mich, sagen zu müssen, dass es Sir Danvers Carew ist.«

»Großer Gott«, rief der Beamte aus, »ist das möglich?« Im nächsten Moment strahlte sein Auge vor beruflichem Ehrgeiz. »Das wird großes Aufsehen verursachen«, sagte er, »vielleicht können Sie uns zu unserem Manne verhelfen.« Und er berichtete kurz, was das Mädchen gesehen, und zeigte den zerbrochenen Stock.

Mr. Utterson hatte schon davor gezittert, den Namen Hyde zu hören, doch als der Stock ihm vorgelegt wurde, konnte er nicht länger zweifeln: Zerbrochen und zersplittert wie der Stock war, erkannte er in ihm einen wieder, den er vor vielen Jahren Henry Jekyll geschenkt hatte.

»Ist dieser Mr. Hyde ein Mensch von kleiner Statur?«, erkundigte er sich.

»Auffallend klein und auffallend böse aussehend, so beschrieb ihn wenigstens das Mädchen«, sagte der Beamte.

Sie wurde zum Hauptquartier der Metropolitan Police, der Londoner Polizei. Bald erwies sich der Bau als zu klein; zu der Zeit, als Stevenson seine Erzählung schrieb, entstand gerade am Ufer der Themse ein neues Gebäude, das man später New Scotland Yard nannte.

Mr. Utterson dachte nach. Dann hob er den Kopf. »Wenn Sie mich in meinem Wagen begleiten wollen«, sagte er, »kann ich Sie, wie ich glaube, zu seinem Hause führen.«

Mittlerweile war es etwa neun Uhr geworden und der erste Nebel dieses Jahres bedeckte die Stadt. Ein weites, schokoladenfarbiges Leichentuch überzog den Himmel, doch der Wind sprang ständig um und trieb den zusammengeballten Dunst vor sich her, sodass Mr. Utterson, während der Wagen von Straße zu Straße kroch, in erstaunlicher Wiederholung ein Ab- und Zunehmen des Zwielichtes beobachten konnte. Bald wurde es dunkel wie zu später Abendstunde, dann tauchte ein kräftiger und doch geisterhaft bräunlicher Schimmer auf wie das Leuchten einer seltsamen Feuersbrunst, dann wieder zerteilte der Nebel sich sekundenlang und ein abgehärmtes bisschen Tageslicht glänzte zwischen den wirbelnden Schwaden hervor. Das elende Stadtviertel von Soho mit seinen

Ein »Pferdetaxi« in London (1884). Die Fahrgäste saßen in der Kabine und der Kutscher befand sich erhöht hinter ihnen, sodass er die Straße gut überblicken konnte.

schmutzigen Straßen, seinen schlampigen Bewohnern und mit seinen Laternen, die entweder überhaupt noch nicht ausgelöscht oder schon von neuem angezündet waren, um die trostlose neue Invasion der Finsternis zu bekämpfen, erschien in des Anwalts Augen, in diesem Wechsel zwischen hell und dunkel, wie der Distrikt einer Stadt in einem wüsten Traumgebilde. Auch sonst bewegten traurige Gedanken seinen Geist, und wenn er einen Blick auf seinen Fahrtgenossen warf, empfand er einen Hauch jener Furcht vor dem Gesetz und den Gesetzesvertretern, die bisweilen auch den Ehrenhaftesten überfallen kann.

Als der Wagen vor der angegebenen Adresse hielt, lichtete sich der Nebel und zeigte ihm eine elende Straße, eine prunkvoll aufgedonnerte Kneipe gemeinster Sorte, ein Weinlokal sechsten Ranges, einen Laden, in dem billiger Kram und minderwertige Schleckereien feilgeboten wurden, zahlreiche in Lumpen gehüllte Kinder,

die in den Torwegen herumlungerten, und eine Unmenge Weiber der verschiedensten Nationalitäten, die mit dem Schlüssel in der Hand aus und ein gingen, um ihren morgendlichen Schnaps zu trinken. Im nächsten Augenblick legte sich wieder Nebel über diese Szenerie, braunschwarz wie Umbra, und verhüllte die gemeine Umgebung. Das war das Heim von Henry Jekylls Günstling, das Heim eines Mannes, der der Erbe einer Viertelmillion Pfund Sterling war.

Ein Londoner Polizist in der Uniform der damaligen Zeit.

Eine weißhaarige alte Frau mit einem vergilbten Gesicht öffnete die Tür. Sie hatte einen bösartigen Ausdruck, gemildert durch Heuchelei, aber ihr Benehmen war tadellos. Ja, sagte sie, dies sei Mr. Hydes Wohnung, aber er wäre nicht zu Hause; er wäre heute Nacht sehr spät nach Hause gekommen, aber bereits nach kaum einer Stunde wieder fortgegangen. Daran wäre nichts Merkwürdiges, er hätte sehr unregelmäßige Gewohnheiten und wäre häufig abwesend. So wären zum Beispiel fast zwei Monate verstrichen, ohne dass sie ihn, außer am gestrigen Tage, gesehen hätte.

»Na, schön, dann wünschen wir seine Zimmer zu besichtigen«, entgegnete der Anwalt, und als die Frau auseinander zu setzen begann, dass das unmöglich wäre, fügte er hinzu: »Ich hätte Ihnen gleich sagen sollen, wer dieser Herr ist. Es ist Inspektor Newcomen von Scotland Yard.«

Ein Ausdruck widerlicher Freude zeigte sich auf dem Gesicht des Weibes. »Ah«, rief sie aus, »er befindet sich in Schwierigkeiten! Was hat er angestellt?«

Mr. Utterson und der Inspektor wechselten einen Blick. »Er scheint nicht sehr beliebt zu sein«, erwiderte der Letztere, »und jetzt, meine gute Frau, gestatten Sie mir und diesem Herrn ein wenig Umschau zu halten.«

In dem ganzen Gebäude, das bis auf die alte Frau keine Menschenseele beherbergte, hatte Mr. Hyde nur ein paar Zimmer in Benutzung. Diese jedoch waren luxuriös und mit feinem Geschmack ausgestattet. Eine Kammer war mit Wein gefüllt, das Geschirr war aus Silber, das Tischzeug elegant, ein gutes Bild hing an der Wand, (wie Utterson vermutete) ein Geschenk von Henry Jekyll, der auf diesem Gebiete als Kenner gelten konnte; üppige Teppiche, schön in der Farbe, lagen umher. Im Augenblick jedoch trugen die Räumlichkeiten alle Anzeichen einer vor kurzem erfolgten, eiligen Plünderung. Kleidungsstücke lagen auf dem Boden verstreut, das

Die meisten wichtigen Szenen der Geschichte spielen nachts, was die beklemmende Wirkung erhöht. Der viktorianische Maler Atkinson Grimshaw galt als Spezialist für Londoner Nachtszenen. Dieses Gemälde, das er 1880 schuf, zeigt eine Uferpromenade an der Themse in der Nähe des Parlaments. Es herrscht eine ähnliche Stimmung wie in der Erzählung.

»» »… und jetzt, meine gute Frau, gestatten Sie mir und diesem Herrn ein wenig Umschau zu halten.« ««

Innere der Taschen nach außen gekehrt, verschließbare Schubladen standen offen und der Kamin war mit einem Haufen grauer Asche angefüllt, als ob zahlreiche Papiere verbrannt worden wären. Aus diesen Überresten zog der Inspektor den Rücken eines grünen Scheckbuches hervor, der dem Feuer widerstanden hatte. Hinter der Tür fand man die andere Hälfte des Stockes, und da sich damit der Verdacht des Beamten bestätigte, war dieser schlechtweg begeistert. Ein Besuch auf der Bank, bei der man noch mehrere Tausend Pfund, die zu des Mörders Verfügung bereitlagen, vorfand, machten seine Befriedigung vollständig.

»Sie können sich darauf verlassen, Sir«, sagte er zu Mr. Utterson, »ich habe ihn fest in der Hand. Er muss vollständig den Kopf verloren haben, sonst hätte er nie den Stock zurückgelassen, vor allem aber nicht das Scheckbuch verbrannt; Geld ist doch des Mannes Lebenselixier. Wir brauchen nichts anderes zu tun, als in der Bank auf ihn zu warten und den Steckbrief zu erlassen.«

Das war aber doch nicht so einfach zu bewerkstelligen, denn Mr. Hyde hatte nur wenig Umgang gepflogen – selbst der Herr des Dienstmädchens hatte ihn nur zweimal gesehen; seine Familie konnte nirgends aufgespürt werden, er hatte sich nie fotografieren lassen und die wenigen, die ihn beschreiben konnten, wichen in ihren Beschreibungen so weit voneinander ab, wie das gewöhnlich bei Zeugen der Fall ist. Nur in einem Punkte waren alle einig; das war das quälende Gefühl einer nicht näher zu beschreibenden Verunstaltung, das der Flüchtige bei allen, die ihn je gesehen hatten, erweckte.

5

Die Sache mit dem Brief

» Der Doktor hatte das Haus von den Erben eines berühmten Chirurgen erworben. «

Es war spät am Nachmittag, als Mister Utterson Dr. Jekylls Haustür erreichte. Er wurde sofort von Poole eingelassen und hinunter durch die Küchenräume und über einen Hof, der einst ein Garten gewesen war, in das Laboratorium oder den Seziersaal geführt. Der Doktor hatte das Haus von den Erben eines berühmten Chirurgen erworben. Da seine eigenen Neigungen mehr der Chemie als der Anatomie galten, hatte er die Bestimmung des Gebäudes im Hintergrunde des Gartens geändert. Zum ersten Mal wurde der Anwalt in diesem Teile der Wohnung seines Freundes empfangen. Neugierig betrachtete er den schmutzigen, fensterlosen Bau und blickte mit einem quälenden Gefühl der Befremdung umher, während er den Hörsaal durchschritt, in dem sich einst Scharen fleißiger

Unterricht bei dem Londoner Chirurgen und Anatomieprofessor William Hunter Ende des 18. Jahrhunderts.

Studenten drängten und der jetzt öde und schweigend dalag, die Tische beladen mit chemischen Apparaten, der Boden mit Kisten vollgestellt und mit Packmaterial bedeckt, während das Licht trübe durch die unsaubere Kuppel fiel. Am hinteren Ende führten einige Stufen zu einer von dunkelrotem Fries bespannten Tür. Durch diese gelangte Mr. Utterson endlich in des Doktors Arbeitszimmer. Es war ein großer Raum, rundum mit Glasschränken voll gestellt und unter anderem mit einem Drehspiegel und einem Experimentiertisch ausgestattet. Drei staubige, mit Eisenstäben gesicherte Fenster blickten auf den Hof. Das Feuer brannte auf dem Rost, auf dem Kaminsims stand eine angezündete Lampe; denn selbst in das Innere der Häuser begann der Nebel in dicken Schwaden einzudringen.

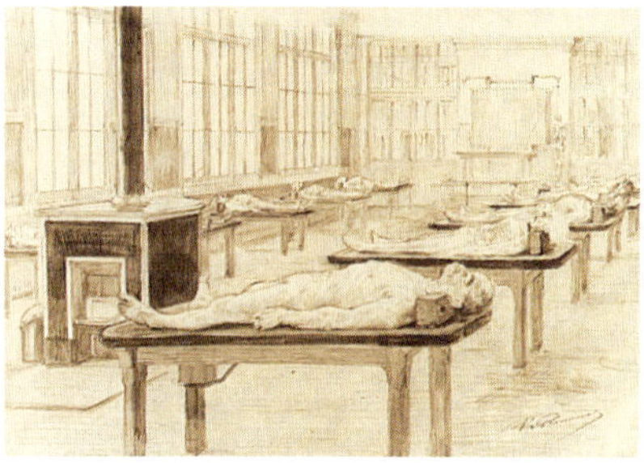

Jüngere Darstellung eines Seziersaals, in dem die Leichen nebeneinander aufgereiht liegen.

Dort, dicht neben dem Ofen, saß Dr. Jekyll mit dem Aussehen eines Todkranken. Er stand nicht auf, um seinen Besucher zu begrüßen, sondern streckte nur seine kalte Hand aus und hieß ihn mit gänzlich veränderter Stimme willkommen.

Sobald Poole sie allein gelassen hatte, fragte Mr. Utterson: »Hast du die Neuigkeiten schon gehört?«

Der Doktor schauderte. »Sie brüllen es ja durch das ganze Viertel, ich hörte sie sogar in meinem Esszimmer.«

»Ein Wort«, versetzte der Anwalt. »Carew war mein Klient, so gut wie du es bist, und ich möchte wissen, was ich tun soll. Du bist doch nicht so wahnsinnig gewesen diesen Burschen bei dir zu verstecken?«

Ein Anatomiehörsaal der Universität von Cambridge (1818).

»Utterson, ich schwöre zu Gott«, rief der Doktor, »ich schwöre zu Gott, ich will ihn nie wiedersehen, ich verpfände dir mein Ehrenwort, dass ich auf dieser Welt nichts mehr mit ihm zu schaffen haben will. Alles ist zu Ende, und wahrlich, er braucht auch meine Hilfe nicht, du kennst ihn nicht so, wie ich ihn kenne, er befindet sich in Sicherheit, völlig in Sicherheit. Beachte meine Worte. Man wird nie mehr etwas von ihm hören!«

Der Anwalt hörte traurig zu. Ihm missfiel seines Freundes fieberhaftes Wesen. »Du scheinst seiner ziemlich sicher zu sein«, meinte er, »und um deinetwillen hoffe ich, dass du Recht hast. Wenn es zu einer Gerichtsverhandlung käme, dürfte auch dein Name mit hineingezogen werden.«

»Ich bin seinetwegen völlig ruhig«, erwiderte Jekyll, »ich habe für diese Sicherheit meine Gründe, die ich jedoch niemandem mitteilen kann. Aber einen Punkt gibt es, über den du mich beraten könntest. Ich habe – ich habe einen Brief erhalten; und ich bin im Zweifel, ob ich ihn der Polizei zeigen soll. Ich möchte ihn gerne deinen Händen anvertrauen,

Utterson, du wirst schon das Richtige treffen, davon bin ich überzeugt. Ich habe so großes Vertrauen zu dir.«

»Du fürchtest, wie ich annehme, dass der Brief zu seiner Entdeckung führen könnte?«, erkundigte sich der Anwalt.

»Nein«, sagte der andere, »ich kann nicht sagen, dass ich mir Sorge mache, was aus Hyde wird. Ich bin mit ihm völlig fertig. Ich dachte dabei lediglich an meinen eigenen Ruf, der durch diese verhasste Geschichte fast bloßgestellt ist.«

Utterson sann eine Zeit lang nach. Der Egoismus seines Freundes überraschte und erleichterte ihn doch gleichzeitig. »Schön«, sagte er endlich, »lass mich den Brief sehen.«

Der Brief war in seltsam steilen Schriftzügen gehalten und unterzeichnet »Edward Hyde«. Er erklärte bündig genug, dass »des Schreibers Wohltäter, Dr. Jekyll«, dem er seine tausend Wohltaten lange Zeit so unwürdig vergolten hätte, sich um seine Sicherheit keine Sorge zu machen brauche, da er Mittel zur Flucht hätte, auf die er mit Zuversicht bauen könnte. Dem Anwalt war dieser Brief mehr als angenehm. Er ließ seines Freundes Intimität mit diesem Manne in einem weit besseren Lichte erscheinen als bisher, und er tadelte sich sogar seines früheren Argwohns wegen.

»Hast du den Umschlag?«, fragte er.

»Ich verbrannte ihn«, erwiderte Jekyll, »ohne mir zu überlegen, was ich tat. Er trug aber keinen Poststempel. Das Schreiben wurde abgegeben.«

»Soll ich ihn behalten und die Sache erst einmal überschlafen?«, erkundigte sich Utterson.

»Ich möchte, dass du ganz und gar für mich entscheidest«, war die Antwort. »Ich habe jedes Selbstvertrauen verloren.«

»Schön, ich will es mir überlegen«, entgegnete der Anwalt. »Und jetzt nur noch ein Wort: War es nicht Hyde, der die Bestimmungen in deinem Testament über dein Verschwinden diktiert hat?«

Der Doktor schien einer Ohnmacht nahe, er presste die Lippen fest aufeinander und nickte.

»Ich wusste es«, sagte Utterson. »Er wollte dich ermorden. Du bist noch gut davongekommen.«

»Für mich bedeutet die Sache noch weit mehr«, erwiderte der Doktor feierlich, »für mich bedeutet sie eine Lehre; mein Gott, Utterson, welch furchtbare Lehre!« Und er bedeckte einen Augenblick sein Gesicht mit den Händen.

Beim Hinausgehen blieb der Anwalt stehen und wechselte

Hier sind verschiedene Laboratorien ähnlich dem in der Erzählung abgebildet. Das obere Bild zeigt ein Laboratorium für allgemeine Chemie von 1822.

Das Aquarell in der Mitte zeigt den Physiker und Chemiker Michael Faraday (1791–1867) in seinem Laboratorium in der Royal Institution, wo er in den 1830er-Jahren Versuche zur Elektrizität durchführte.

Auf dem unteren Bild ist ein weiteres Laboratorium der Royal Institution von 1818 zu sehen.

mit Poole noch ein paar Worte. »Was ich sagen wollte. Es wurde doch heute ein Brief abgegeben: Wie sah der Bote aus?« Aber Poole versicherte nachdrücklich, dass nichts gekommen wäre außer der Post. »Und auch diese brachte heute nur ein paar Drucksachen«, fügte er hinzu.

Diese Mitteilung erneute des Besuchers Befürchtung. Offenbar war der Brief an der Laboratoriumstür abgegeben worden, möglicherweise war er auch in dem Arbeitszimmer selbst geschrieben. War das der Fall, dann musste man ihn ganz anders beurteilen und mit größerer Vorsicht behandeln. Während er nach Hause ging, schrien sich die Zeitungsjungen noch immer auf der Straße heiser: »Extrablatt! Scheußlicher Mord an einem Parlamentsmitglied!« Das war der Grabgesang für seinen Freund und Klienten, und er konnte sich einer gewissen Vorahnung nicht erwehren, dass auch der gute Name eines anderen Freundes in den Wirbel dieses Skandals mit einbezogen werden würde. Er musste eine heikle Entscheidung treffen und trotz seines starken Selbstvertrauens regte sich in ihm der Wunsch nach einem Rat. Er mochte ihn nicht direkt erbitten, aber vielleicht, überlegte er bei sich, könnte er ihn so nebenbei erhalten.

» »Sie brüllen es ja durch das ganze Viertel …« «

Bald darauf saß er an der einen Seite seines Kamins, an der anderen saß Mr. Guest, sein Bürovorsteher, und zwischen ihnen, in wohlerwogener Entfernung von dem Feuer, stand eine Flasche eines besonders alten Weines, der lange Zeit, dem Sonnenlicht entzogen, in den Kellern seines Hauses geruht hatte. Noch immer breitete der Nebel seine Schwingen über die erstickte Stadt, in der die Laternen gleich Karfunkeln glommen, und durch den Dunst und Qualm der herabsinkenden Wolken wälzte sich noch immer entlang den großen Verkehrsadern mit dem Tosen eines gewaltigen Windes die Prozession großstädtischen Lebens und Treibens. Das Zimmer jedoch erhellte freundlicher Feuerschein. Die Säure in der Flasche war längst verflogen, die köstliche Farbe hatte sich noch verdunkelt, gleichwie bemalte Fenster allmählich eine sattere Tönung annehmen, und die eingefangene Glut herbstlicher Tage auf den Abhängen der Weingärten wartete darauf, freigelassen zu werden und die Nebel Londons zu zerstreuen. Unmerklich taute der Anwalt auf. Es gab keinen Menschen, vor dem er weniger Geheimnisse bewahrte als vor Mr. Guest. Ja, er war sogar nicht immer sicher, dass er so

Laden eines Zeitungsverkäufers in der Farringdon Road in London.

viele vor ihm besaß, wie er meinte. Guest war oft in des Doktors geschäftlichen Angelegenheiten tätig gewesen, er kannte Poole, er hatte sicherlich auch von Hydes nahen Beziehungen zu dem Hause gehört und seine Schlüsse daraus gezogen; war es da nicht sogar gut, wenn er auch den Brief zu sehen bekam, der dieses Geheimnis aufklärte? Vor allem aber war Guest ein guter Beurteiler und Kenner von Handschriften, und die Maßnahme würde ihm als natürlich und gefällig erscheinen. Der Vorsteher war außerdem ein Mann guter Ratschläge. Es war kaum anzunehmen, dass er ein so befremdliches Dokument lesen würde, ohne eine Bemerkung fallen zu lassen, und aufgrund dieser Bemerkung konnte Mr. Utterson vielleicht seinen weiteren Weg wählen.

»Das ist eine traurige Sache mit Sir Danvers«, bemerkte der Anwalt.

»Ja, weiß Gott, Sir. Sie hat das Volksempfinden aufs Tiefste erregt«, erwiderte Guest. »Der Mensch war natürlich verrückt.«

»Ich würde gern Ihre Ansichten darüber hören«, entgegnete Utterson. »Ich habe hier ein Dokument in seiner Handschrift. Das bleibt natürlich unter uns, denn ich weiß kaum, was ich damit anfangen soll. Selbst im besten Falle ist es eine üble Sache. Doch sehen Sie selbst, es schlägt ganz in Ihr Fach: das Autogramm eines Mörders.«

Guests Augen funkelten und er setzte sich sofort zurecht und studierte es leidenschaftlich. »Nein, Sir, nicht verrückt, aber es ist eine merkwürdige Handschrift.«

»Und nach allem, was man hört, auch ein sehr merkwürdiger Verfasser«, fügte der Anwalt hinzu.

Gerade in diesem Augenblick trat der Diener mit einem Briefe ein.

Verhandlungssaal in einem Londoner Gerichtsgebäude (Ende 19. Jahrhundert).

»Ist das ein Schreiben von Doktor Jekyll, Sir?«, erkundigte sich der Vorsteher. »Ich glaubte die Schrift zu erkennen. Etwas Privates, Mr. Utterson?«

»Lediglich eine Einladung zum Abendessen. Warum? Möchten Sie sie sehen?«

Ein Anwalt und ein Richter, beide in Robe.

»Nur einen Augenblick. Vielen Dank«, und der Vorsteher legte die beiden Schriftstücke nebeneinander und verglich eifrig ihren Inhalt. »Verbindlichen Dank, Sir«, sagte er endlich und gab beide zurück. »Es ist ein außerordentlich interessantes Autogramm.«

Es entstand eine Pause, während der Mr. Utterson einen innerlichen Kampf ausfocht. »Warum verglichen Sie die beiden Schriftstücke, Guest?«, erkundigte er sich plötzlich.

»Nun, Sir«, entgegnete der Vorsteher. »Es besteht zwischen ihnen eine ganz erstaunliche Ähnlichkeit. In vielen Punkten sind die beiden Handschriften identisch; verschieden ist nur die Steilheit.«

»Äußerst seltsam«, sagte Utterson.

»Wie Sie zutreffend bemerkten, äußerst seltsam«, wiederholte Guest.

»Ich möchte nicht, dass über diesen Brief gesprochen wird, wissen Sie«, sagte der Anwalt.

»Bestimmt nicht, Sir«, bestätigte der Vorsteher, »ich begreife.«

Aber kaum blieb Mr. Utterson an diesem Abend allein, so verschloss er den Brief in sein Safe, in dem er von da an ruhte. »Was hat das zu bedeuten?«, dachte er. »Henry Jekyll wird eines Mörders wegen zum Fälscher!« Und kalt kreiste das Blut in seinen Adern.

» »In vielen Punkten sind die beiden Handschriften identisch; verschieden ist nur die Steilheit.« «

6

Dr. Lanyons merkwürdiges Erlebnis

Die Zeit verrann. Mehrere Tausend Pfund wurden als Belohnung ausgesetzt; denn der Tod Sir Danvers' wurde als öffentliche Schmach empfunden. Aber Mr. Hyde war aus dem Gesichtskreis der Polizei entschwunden, als hätte er nie existiert. Vieles aus seiner Vergangenheit wurde ausgegraben und alles war unehrenhaft: Gerüchte tauchten auf über des Mannes Grausamkeit, über seine Hartherzigkeit und seinen Jähzorn, über seinen gemeinen Lebenswandel, seinen seltsamen Umgang, über den Hass, den er auf Schritt und Tritt aussäte; doch über seinen gegenwärtigen Aufenthalt auch nicht ein Wispern. Von dem Augenblick an, da er an dem Morgen des Mordes sein Haus in Soho verlassen hatte, war er einfach wie ausgelöscht, und allmählich, je mehr Tage verstrichen, begann Mr. Utterson sich von der ersten Hitze seiner Aufregung zu erholen und innerlich ruhiger zu werden. Der Tod Sir Danvers' war nach seiner Ansicht durch das Verschwinden Mr. Hydes mehr als bezahlt. Jetzt, da der schlimme Einfluss aufgehört hatte, begann für Dr. Jekyll ein neues Leben. Er trat aus seiner Abgeschlossenheit heraus, frischte die Beziehungen zu seinen Freunden wieder auf und wurde von neuem der vertraute Gast und Gastgeber. Schon immer war er wegen seiner Mildtätigkeit bekannt, jetzt wurde er es nicht weniger wegen seiner Religiosität. Er war geschäftig, bewegte sich viel in freier Luft und tat Gutes. Sein Antlitz schien sich aufzuklären und zu strahlen wie im inneren Bewusstsein seines Wertes. Länger als zwei Monate lebte der Doktor so in Frieden.

» Dr. Jekyll ... frischte die Beziehungen zu seinen Freunden wieder auf und wurde von neuem der vertraute Gast und Gastgeber. «

Am 8. Januar hatte Utterson in kleinem Kreise bei dem Doktor gespeist. Lanyon war auch zugegen gewesen und der Blick des Gastgebers hatte

wieder, wie in alten Tagen, als das Trio noch unzertrennlich war, bald auf dem einen, bald auf dem andern geruht. Am 12. und auch am 14. blieb die Tür vor dem Anwalt verschlossen. Der Doktor hätte sich in diesem Hause eingeriegelt, erklärte Poole, und sähe niemand. Am 15. versuchte Utterson es noch einmal und erntete wieder eine Ablehnung. Gewöhnt in den letzten zwei Monaten seinen Freund fast täglich zu sehen, drückte diese Rückkehr zum Einsiedlertum schwer auf sein Gemüt. Am fünften Abend speiste er zusammen mit Guest und am sechsten begab er sich zu Dr. Lanyon.

Dort wurde er wenigstens nicht abgewiesen, aber als er eintrat, erschreckte ihn die Veränderung, die in des Doktors Aussehen vorgegangen war. Der Stempel des Todes war deutlich seinem Gesicht aufgedrückt. Der blühende Mann war blass geworden, Körper und Wangen waren eingefallen und er erschien kahler und gealtert; und doch waren es nicht in erster Linie diese Anzeichen eines raschen körperlichen Verfalles, die des Anwalts Blick fesselten, sondern der Ausdruck seiner Augen und ein gewisses Etwas in seinem Wesen, das von einer tiefen inneren Angst zu zeugen schien. Es schien kaum glaublich, dass der Doktor den Tod fürchten sollte, und doch fühlte sich Utterson versucht das anzunehmen. »Gewiss«, dachte er, »er ist Arzt und muss sich über seinen Zustand klar sein. Er muss wissen, dass seine Tage gezählt sind, und diese Erkenntnis ist mehr, als er zu ertragen vermag.« Als jedoch Utterson eine Bemerkung über sein schlechtes Aussehen machte, erklärte Lanyon mit einem Ausdruck großer Gefasstheit, dass er ein verlorener Mann sei.

» »Ich habe einen Schreck gehabt, von dem ich mich nie wieder erholen werde.« «

»Ich habe einen Schreck gehabt, von dem ich mich nie wieder erholen werde. Es ist nur noch eine Frage von Wochen. Na gut, das Leben ist schön gewesen. Ich liebte es, ja, ich liebte es wirklich! Manchmal aber denke ich, wenn wir alles wüssten, würden wir recht froh sein es zu verlassen.«

»Jekyll ist ebenfalls krank, hast du ihn gesehen?«

Lanyons Gesicht wechselte die Farbe und er hob eine zitternde Hand hoch. »Ich wünsche nie wieder etwas von Doktor Jekyll zu sehen oder zu hören«, sagte er mit lauter, schwankender Stimme. »Ich bin mit diesem Manne restlos fertig und ich bitte dich mich mit jeder Erwähnung eines Menschen zu verschonen, den ich bereits als tot betrachte.«

»Aber, aber«, meinte Mr. Utterson, und dann nach einer längeren Pause: »Kann ich nicht irgendetwas dabei tun? Wir drei sind doch so alte Freunde, denk ich. Wir werden kaum noch neue erwerben.«

»Da lässt sich nichts tun, frage ihn selbst.«

»Er will mich nicht sehen«, entgegnete der Anwalt.

»Das überrascht mich nicht«, lautete die Antwort. »Eines Tages, Utterson, wenn ich erst tot bin, wirst du vielleicht erfahren, was Recht und Unrecht bei dieser Sache ist. Ich kann es dir nicht erzählen; und inzwischen, wenn du es über dich bringst, bei mir zu sitzen und über andere Dinge zu sprechen, um Christi willen, bleib und tue es! Kannst du dich aber von diesem verfluchten Thema nicht frei machen, dann, in Gottes Namen, geh; denn ich vermag es nicht zu ertragen.«

» Sobald Utterson wieder zu Hause war, setzte er sich hin und schrieb an Jekyll ... «

Sobald Utterson wieder zu Hause war, setzte er sich hin und schrieb an Jekyll, beklagte sich über seinen Ausschluss aus dem Hause und erkundigte sich nach der Ursache dieses unseligen Bruches mit Lanyon. Der nächste Tag schon brachte ihm ein langes Antwortschreiben, oft sehr rührend in seiner Formulierung, im Kern aber reichlich dunkel gehalten. Der Bruch mit Lanyon wäre unheilbar. »Ich tadle unsern alten Freund nicht«, schrieb Jekyll, »aber ich teile seine Ansicht, dass wir nie wieder zusammenkommen können. Ich beabsichtige hinfort mein Leben in völliger Abgeschiedenheit zu verbringen. Das darf dich aber nicht überraschen; du sollst auch nicht an meiner Freundschaft zweifeln, wenn selbst dir meine Tür oft verschlossen bleiben mag. Du musst mich schon meinen eigenen finsteren Weg gehen lassen. Ich habe selbst Strafe und Gefahren, die ich nicht nennen kann, auf mein Haupt heraufbeschworen. Wie ich der Erste unter den Sündern bin, bin ich auch der Erste unter den Leidenden. Nie habe ich geahnt, dass auf dieser Erde Raum für so unmenschliches Leid, für so furchtbare Schrecknisse sei, und du kannst nur eines tun, Utterson, dieses herbe Schicksal zu mildern: das ist, mein Schweigen zu achten.« Utterson war erschüttert. Der finstere Einfluss Hydes war verschwunden gewesen, der Doktor wieder zu seinen alten Aufgaben und Freundschaften zurückgekehrt. Noch vor einer Woche hatte ihm die Zukunft lächelnd ein fröhliches und ein ehrenvolles Alter verheißen; und jetzt, in einem Augenblick, Freundschaft und Seelenfrieden und der ganze Sinn seines Lebens in Trümmern. Eine so große, so unerwartete Änderung ließ auf Wahnsinn schließen; aber angesichts Lanyons Verhalten und Worten musste der Grund tiefer liegen.

Eine Woche später musste sich Dr. Lanyon zu Bett legen und in weniger als vierzehn Tagen war er tot. Am Abend nach dem Begräbnis, das Utterson tief ergriffen hatte, verschloss der Anwalt die Tür seines Arbeitszimmers und zog beim Scheine einer melancholischen Kerze ein Kuvert hervor, adressiert von der Hand und verschlossen mit dem Siegel seines toten Freundes. »Privat: lediglich für die Hand J. G. Uttersons bestimmt und im Falle seines Ablebens ungelesen zu vernichten«, lautete die emphatische Aufschrift. Der Anwalt fürchtete sich fast den Inhalt kennen zu lernen. »Einen Freund habe ich heute beerdigt«, dachte er, »wird mir dies vielleicht einen zweiten rauben?« Dann aber verwarf er diese Furcht als eine Treulosigkeit und erbrach das Siegel. In dem Umschlag befand sich ein weiteres Kuvert, in gleicher Weise versiegelt, mit der Aufschrift: »Bis zum Tode oder bis zu dem Verschwinden Dr. Henry Jekylls nicht zu öffnen.« Utterson wollte seinen Augen nicht trauen. Gewiss, da stand »Verschwinden«, hier wieder, genau wie in dem verrückten Testament, das er längst seinem Verfasser zurückgegeben hatte. Hier

Ein Begräbniszug (1885). Ab den 1830er-Jahren waren die Friedhöfe der Kirchen im Stadtzentrum überfüllt und man legte große Friedhöfe außerhalb Londons an. Zuvor hatte man den Sarg zu Fuß bis zum Grab getragen, nun machte die Entfernung einen Leichenwagen nötig, der von einem Pferd gezogen wurde.

tauchte wieder die Idee eines Verschwindens in Verbindung mit dem Namen von Henry Jekyll auf. Aber in dem Testament war dieser Gedanke den finsteren Einflüsterungen des Mannes Hyde entsprungen. Er war dort eingefügt mit einer nur allzu klaren und furchtbaren Absicht. Niedergeschrieben von der Hand Lanyons, was konnte er da bedeuten? Quälende Neugier ergriff den Vertrauensmann, unter Missachtung des Verbotes sofort diesem Geheimnisse auf den Grund zu kommen. Aber berufliche Ehre und die Treue dem toten Freunde gegenüber waren strenge Bindungen, und das Paket flog in die entfernteste Ecke seines Geldschranks.

Es sind zwei verschiedene Dinge, Neugier zu unterdrücken und Neugier zu besiegen, und man kann es wohl bezweifeln, ob Utterson hinfort noch mit dem nämlichen Eifer ein Zusammensein mit seinem überlebenden Freunde herbeisehnte. Er dachte voller Zuneigung an ihn, aber seine Gedanken waren unruhig und furchterfüllt. Er ging ihn besuchen, aber vielleicht schaffte es ihm Erleichterung, nicht zugelassen zu werden; vielleicht zog er es in seinem innersten Herzen vor, mit Poole auf der Türschwelle, umgeben von der Luft, dem Geräusch der lebendigen Stadt, zu sprechen, als in dieses freiwillige Gefängnis eingelassen zu werden und dort zu sitzen und mit diesem unergründlichen Klausner zu reden. Poole vermochte auch wirklich keine sehr erfreulichen Neuigkeiten zu übermitteln. Der Doktor zog sich anscheinend mehr denn je in das Arbeitszimmer über dem Laboratorium zurück, in dem er bisweilen sogar schlief. Er war tief deprimiert, sein Schweigen war noch undurchdringlicher geworden, er las nicht und es schien, als ob irgendetwas sein Denken gefangen hielt. Utterson gewöhnte sich allmählich so an diese stets gleichen Berichte, dass sich nach und nach die Häufigkeit seiner Besuche verminderte.

Oben: das »Schwarze Museum«; unten: Identifizierung von Verbrechern.

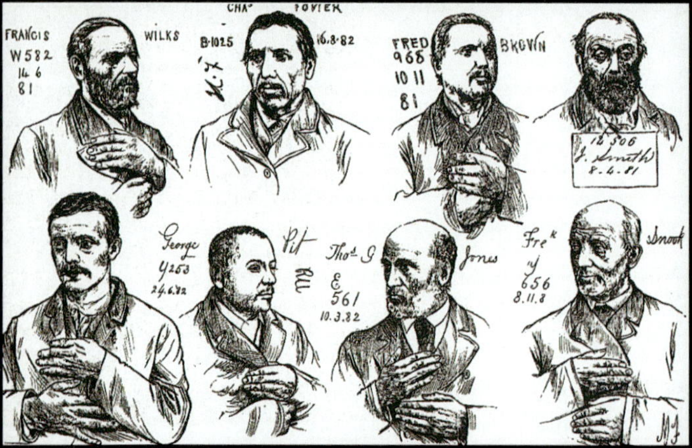

Unten: Great Scotland Yard.

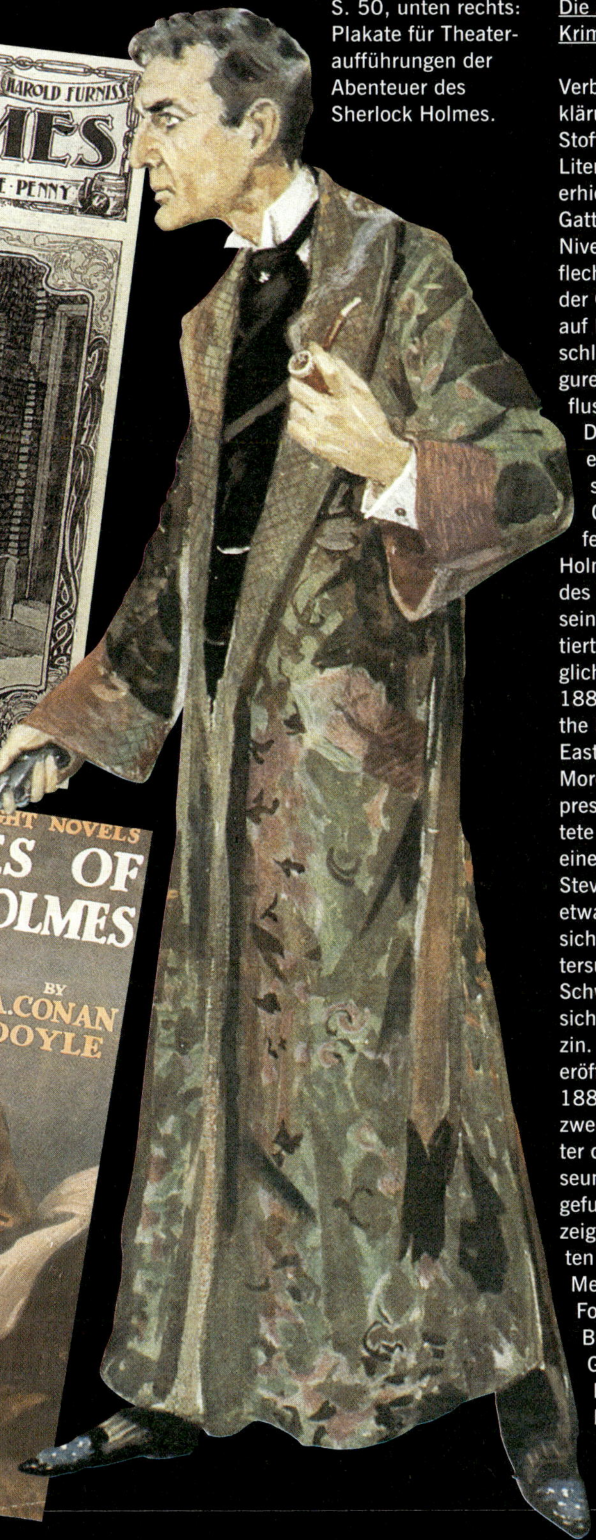

S. 50, unten rechts: Plakate für Theateraufführungen der Abenteuer des Sherlock Holmes.

Die Anfänge des Kriminalromans

Verbrechen und ihre Aufklärung waren ursprünglich Stoff der volkstümlichen Literatur. Durch Stevenson erhielt diese literarische Gattung ein anderes Niveau. Die komplexe Verflechtung und Konstruktion der Geschichte, der Bezug auf Indizien und die ausschließlich männlichen Figuren hatten großen Einfluss auf spätere Werke. Der 1887 von dem ebenfalls aus Edinburgh stammenden Arthur Conan Doyle geschaffene Detektiv Sherlock Holmes verdankt der Figur des Dr. Jekyll viel; Watson, sein Assistent, kommentiert häufig das unausgeglichene Wesen Holmes. 1888 verübte dann »Jack the Ripper« im Londoner East End eine Serie von Morden. Die Boulevardpresse (Mitte oben) berichtete von den Verbrechen in einer Weise, die sich an Stevenson anlehnte. Ab etwa 1880 verfeinerten sich die polizeilichen Untersuchungsmethoden: Der Schwerpunkt verlagerte sich auf die Gerichtsmedizin. Great Scotland Yard eröffnete Anfang der 1880er-Jahre zu Studienzwecken für seine Mitarbeiter das »Schwarze Museum«, das an Tatorten gefundene Beweisstücke zeigte. Zudem ermöglichten die auf körperlichen Merkmalen beruhenden Forschungen Alphonse Bertillons und Francis Galtons eine bessere Identifizierung von Verbrechern.

7

Der Zwischenfall am Fenster

An einem Sonntag war es. Mister Utterson und Mr. Enfield machten ihren üblichen Spaziergang und ihr Weg führte sie wieder einmal durch jene Nebenstraße. Als sie sich der Tür gegenüber befanden, verhielten beide ihre Schritte und blickten sie an.

»Na«, meinte Enfield, »wenigstens hat jene Geschichte ihr Ende gefunden. Wir werden nie wieder etwas von Mr. Hyde zu sehen bekommen.«

»Das hoffe ich«, sagte Mr. Utterson. »Erzählte ich dir eigentlich schon, dass ich ihn einmal gesehen habe und das gleiche Gefühl des Abscheus empfand wie du?«

»Das eine ohne das andere wäre auch ganz unmöglich!«, erwiderte Enfield. »Doch nebenbei, für was für einen Esel musst du mich gehalten haben, dass ich nicht hätte wissen sollen, dass dies hier der Hintereingang zu Dr. Jekylls Haus ist! Es war zum Teil deine eigene Schuld, dass ich es herausbekam.«

»So, du hast es also herausbekommen?«, meinte Utterson. »Da das nun einmal der Fall ist, wollen wir in den Hof gehen und uns die Fenster ansehen. Um dir die Wahrheit zu gestehen: Ich bin wegen des armen Jekyll sehr besorgt und selbst wenn wir uns nur außerhalb befinden, habe ich das Gefühl, die Nähe eines Freundes möchte ihm gut tun.«

» Das mittlere der drei Fenster stand halb offen ... «

Der Hof war kühl und ein wenig dumpfig und schon von Zwielicht erfüllt, obwohl am Himmel oben noch der Sonnenuntergang erstrahlte. Das mittlere der drei Fenster stand halb offen und dicht daneben sitzend und mit unendlich traurigem Ausdruck die Luft einschlürfend, gleich einem verzweifelten Gefangenen, erblickte Utterson Dr. Jekyll.

»Hallo, Jekyll!«, rief er, »ich hoffe, es geht dir besser!«

»Ich fühle mich sehr elend, Utterson«, erwiderte der Doktor traurig, »sehr elend. Gott sei Dank wird es nicht mehr lange dauern.«

»Du hältst dich zu viel im Zimmer auf«, entgegnete der Anwalt, »du solltest auch herauskommen und dein Blut in Bewegung bringen wie Mr. Enfield und ich (dies ist mein Vetter – Mr. Enfield – Doktor Jekyll). Also komm, nimm deinen Hut und mach mit uns einen raschen Spaziergang.«

»Du bist so gut«, seufzte der andere. Ich würde es ja so gerne tun, doch nein, nein, nein, es ist völlig unmöglich; ich wag es nicht. Wirklich, ich freue mich aufrichtig dich zu sehen; es ist mir eine ganz große Freude, ich würde dich und Mr. Enfield bitten zu mir zu kommen, aber dieser Raum ist tatsächlich nicht für einen Besuch geeignet!«

»Na schön«, meinte der Anwalt gutmütig, »das Beste, was wir dann tun können, ist zu bleiben und uns von hier aus mit dir zu unterhalten.«

»Gerade das Gleiche wollte ich mir eben erlauben vorzuschlagen«, erwiderte der Doktor mit einem Lächeln; aber kaum waren die Worte heraus, als das Lächeln auch schon auf seinem Gesicht erstarb und einem Ausdrucke so grauenvoller Angst und Verzweiflung Platz machte, dass den beiden Herren unten das Blut in den Adern gefror. Sie sahen das nur einen Augenblick, denn das Fenster wurde heftig zugeworfen, aber dieser kurze Blick hatte genügt. Eilig machten sie kehrt und verließen ohne ein Wort den Hof. In tiefem Schweigen kreuzten sie die Nebenstraße, doch erst als sie die nächste Straße erreicht hatten, wo selbst am Sonntag noch etwas Bewegung und Leben herrschte, wagte Mr. Utterson sich umzuwenden und seinen Begleiter anzusehen. Sie waren beide blass und jeder las den gleichen Schauder in den Augen des andern.

»Gott vergib uns, Gott vergib uns!«, sagte Mr. Utterson.

Aber Mr. Enfield neigte nur ernst das Haupt und ging stillschweigend weiter.

» »Dies ist mein Vetter – Mr. Enfield – Doktor Jekyll …« «

8

Die letzte Nacht

Mister Utterson saß eines Abends nach dem Essen neben dem Kamin, als ihn ein Besuch Pooles überraschte. »Mein Himmel, Poole, was führt Sie her!«, und dann, nach einem zweiten Blick, fügte er hinzu, »was fehlt Ihnen? Ist der Doktor krank?«

» »Na, na, mein guter Mann«, versetzte der Anwalt, »sprechen Sie jetzt etwas deutlicher, wovor fürchten Sie sich?« «

»Mr. Utterson«, sagte der Mann, »da stimmt etwas nicht!«

»Nehmen Sie Platz! Hier ist ein Glas Wein für Sie!«, sagte der Anwalt. »Und dann nehmen Sie sich Zeit und erzählen Sie mir ausführlich, was Sie von mir wünschen.«

»Sie kennen des Doktors Art, Sir«, erwiderte Poole, »und wie er sich immer einschließt. Na schön, er hat sich wieder in das Arbeitszimmer eingeschlossen und das gefällt mir nicht, Herr; ich möchte auf der Stelle sterben, wenn es mir gefiele. Mr. Utterson, Herr, ich ängstige mich!«

»Na, na, mein guter Mann«, versetzte der Anwalt, »sprechen Sie jetzt etwas deutlicher, wovor fürchten Sie sich?«

»Schon seit ungefähr einer Woche bin ich in ständiger Angst«, erwiderte Poole, hartnäckig die Frage überhörend, »ich kann es nicht mehr ertragen!«

Das Aussehen des Mannes bestätigte klar seine Worte, sein Benehmen ließ das Schlimmste befürchten; ausgenommen den Moment, da er zum ersten Mal von seiner Angst sprach, hatte er dem Anwalt nicht ein einziges Mal ins Gesicht geblickt. Auch jetzt saß er, das Glas Wein unangerührt auf den Knien, da und starrte in eine Ecke der Diele. »Ich kann es nicht mehr ertragen!«, wiederholte er.

»Fassen Sie sich«, sagte der Anwalt. »Ich begreife, Poole, dass Sie gute Gründe haben; ich sehe, dass da ernstlich irgendetwas nicht stimmt. Versuchen Sie mir doch zu erklären, worum es sich handelt.«

»Ich glaube, es wird ein falsches Spiel getrieben«, versetzte Poole heiser.

»Falsches Spiel!«, rief der Anwalt, ziemlich erschreckt und folglich auch geneigt ärgerlich zu werden. »Was heißt falsches Spiel, was meint Ihr, Mann?«

»Ich wag es nicht zu sagen, Sir«, war die Antwort, »doch bitte, kommen Sie mit mir und sehen Sie selbst!«

Mr. Uttersons einzige Erwiderung bestand darin, dass er aufstand und Hut und Mantel ergriff. Mit Verwunderung bemerkte er die starke Erleichterung, die auf dem Gesicht des Butlers zu erkennen war, und vielleicht mit nicht geringerem Erstaunen, dass der Wein noch immer unberührt war, als Poole das Glas hinstellte, um ihm zu folgen.

» Es war eine stürmische, kalte, der Jahreszeit angemessene Märznacht mit bleichem Mond, der auf den Wolken zu liegen schien, als hätte ein Windstoß ihn umgeworfen ... «

Es war eine stürmische, kalte, der Jahreszeit angemessene Märznacht mit bleichem Mond, der auf den Wolken zu liegen schien, als hätte ein Windstoß ihn umgeworfen, und mit eilenden Wolkenfetzen, die einem durchsichtigen Schleier gleich darunter hinzogen. Der Wind erschwerte das Sprechen und trieb das Blut in das Gesicht. Es schien, als habe er die Straßen von Fußgängern leer gefegt, und Mr. Utterson vermeinte diesen Teil Londons noch nie so verödet gesehen zu haben. Dringend wünschte er, es wäre anders gewesen, denn noch nie in seinem Leben hatte er so lebhaft den Wunsch gefühlt, in engem Kontakt mit seinen Mitmenschen zu verbleiben; so sehr er auch dagegen ankämpfen mochte, sein Herz konnte die erdrückende Vorahnung eines Unglücks nicht überwinden.

In einem reichen Haus tätiger Butler (Ende 19. Jahrhundert).

Über den Platz, den sie gerade erreicht hatten, tobte Staub aufwirbelnder Wind und die dünnen Bäume in den Gärten peitschten mit ihren Zweigen die Gitter. Poole, der den ganzen Weg ein oder zwei Schritte vorausgeeilt war, blieb plötzlich mitten auf dem Bürgersteig stehen und trotz des schneidenden Wetters nahm er seinen Hut ab und trocknete sich die Stirn mit einem roten Taschentuch. Doch nicht die Eile des Laufes hatte diese Schweißtropfen, die er fortwischte, erzeugt, sondern sie waren der Ausdruck würgender Angst; denn sein Gesicht war fahl und seine Stimme klang rau und gebrochen, als er jetzt sagte: »Nun Sir, da wären wir. Gott gebe, dass nichts Schlimmes passiert ist.«

»Amen, Poole«, sagte der Anwalt.

Der Diener klopfte darauf in sehr vorsichtiger Weise. Die Tür wurde geöffnet, so weit die Sicherheitskette es erlaubte, und eine Stimme fragte von innen her: »Sind Sie es, Poole?«

»Ganz recht«, erwiderte Poole, »öffnen Sie die Tür!«

Die Diele, die sie zuerst betraten, war hell erleuchtet. Das Feuer war heftig geschürt und um den Kamin standen dicht gedrängt, wie eine Herde Schafe, sämtliche Dienstboten, männliche und weibliche. Beim Anblick Mr. Uttersons brach das Stubenmädchen in hysterisches Wimmern aus und die Köchin rannte mit dem Aufschrei: »Gott sei gedankt! Es ist Mr. Utterson«, auf ihn zu, als ob sie ihn umarmen wollte.

Eine Verwalterin mit Dienstboten (1886). Bei den Bediensteten herrschte eine strenge Hierarchie. Der Butler und die Verwalterin führten das Haus und erteilten den Dienstmädchen und Dienern Anweisungen. Eine Familie der Mittelschicht beschäftigte in der Regel mindestens fünf Dienstboten.

»Was ist denn, was ist denn? Warum seid ihr alle hier?«, fragte der Anwalt verdrießlich. »Ganz ungehörig, sehr unschicklich, euer Herr wird das keineswegs billigen!«

»Sie fürchten sich alle«, sagte Poole.

Tiefe Stille folgte, niemand widersprach, nur das Mädchen schluchzte jetzt lauter.

»Halt's Maul!«, brüllte Poole sie in einem wütenden Tone an, der die Gereiztheit seiner eigenen Nerven bewies, und wahrlich, als das Mädchen so plötzlich ihre Klagen laut werden ließ, hatten sich alle umgewandt und starrten mit ängstlich gespannten Gesichtern auf die Innentür. »Reich mir mal einen Leuchter!«, fuhr der Butler, zum Küchenjungen gewandt, fort, »dann wollen wir der Sache mit einem Schlage auf den Grund kommen.« Dann bat er Mr. Utterson ihm zu folgen und schritt den Weg zum Hintergarten voran.

»Bitte, Herr«, sagte er, »gehen Sie so leise, wie Sie können. Ich möchte, dass Sie hören, aber nicht gehört werden. Und hören Sie auf mich, Herr, falls er Sie vielleicht auffordern sollte hineinzukommen, tun Sie's nicht!«

Mr. Uttersons Nerven erhielten bei diesem unerwarteten Schluss einen derartigen Stoß, dass er kaum sein seelisches Gleichgewicht zu bewahren vermochte. Aber er nahm allen Mut zusammen, folgte dem Butler in den Laboratoriumsbau und durch den Hörsaal mit seinem Gerümpel von Kisten und Flaschen bis zum Fuße der Treppe. Hier veranlasste Poole ihn auf der einen Seite stehen zu bleiben und zu lauschen, während er selbst, nachdem er den Leuchter niedergestellt und mühsam seine ganze Entschlossenheit zusammengerafft hatte, die Stufen emporstieg und mit einer etwas zitternden Hand an der roten Friestür des Arbeitszimmers pochte.

»Mr. Utterson, Sir, möchte Sie besuchen«, gleichzeitig gab er dem Anwalt durch heftige Gesten zu verstehen, ja gut aufzupassen.

Von innen antwortete eine weinerliche Stimme: »Sage ihm, dass ich niemand sehen kann.«

»Ich danke Ihnen, Sir«, sagte Poole mit einem fast triumphierenden Klang in der Stimme. Dann nahm er den Leuchter wieder auf und führte Mr. Utterson über den Hof zurück in die große Küche, wo das

» »Was ist denn, was ist denn? Warum seid ihr alle hier?«, fragte der Anwalt verdrießlich. »Ganz ungehörig, sehr unschicklich, euer Herr wird das keineswegs billigen!« «

» Aber er nahm allen Mut zusammen, folgte dem Butler in den Laboratoriumsbau und durch den Hörsaal mit seinem Gerümpel von Kisten und Flaschen bis zum Fuße der Treppe. «

Feuer ausgegangen war und die Schaben sich auf dem Fußboden tummelten.

»Sir«, sagte er und blickte Mr. Utterson in die Augen, »war das die Stimme meines Herrn?«

»Sie schien mir stark verändert«, erwiderte der Anwalt, zwar sehr bleich, aber den Blick fest zurückgebend.

»Verändert? Ja, gewiss, das denk ich auch«, entgegnete der Butler. »Bin ich zwanzig Jahre lang in dem Hause dieses Mannes gewesen, um mich von einer fremden Stimme äffen zu lassen? Nein, Sir. Mein Herr ist verschwunden! Schon vor acht Tagen wurde er umgebracht, damals, als wir ihn den Namen Gottes anrufen hörten. Und *wer* steckt dort hinter jener Tür statt seiner? Und *warum* bleibt er dort? Das sind Sachen, die zum Himmel schreien, Mr. Utterson.«

»Das ist eine sehr seltsame Geschichte, Poole. Das ist fast eine etwas wüste Geschichte, mein lieber Mann«, sagte Mr. Utterson und biss sich auf den Finger. »Angenommen, die Sache wäre so, wie Sie es vermuten, angenommen, Doktor Jekyll wäre – gut, er wäre ermordet worden, was könnte wohl den Mörder veranlassen dort zu bleiben? Das ist nicht stichhaltig, dafür gibt es keinen vernünftigen Grund.«

»Nun gut, Mr. Utterson, Sie sind ein schwer zu befriedigender Herr, aber ich will es dennoch versuchen«, entgegnete Poole. »Die ganze letzte Woche (müssen Sie wissen) hat er oder es, oder was auch immer dort in jenem Zimmer lebt, Nacht und Tag nach einer gewissen Medizin geschrien und kann sich nicht auf den Namen besinnen. Es war manchmal seine Art – die Art des seligen Herrn –, seine Befehle auf einen Fetzen Papier zu schreiben und diesen auf die Treppe zu schmeißen. In der ganzen vergangenen Woche haben wir nichts anderes zu sehen bekommen; nichts außer solchen Zetteln und eine verriegelte Tür und die davor gestellten Speisen, um hineingeschmuggelt zu werden, wenn niemand zusah. Schön, Sir, jeden Tag, ja, und zwei- und dreimal am gleichen Tage, sind Befehle und Beschwerden ergangen, und ich bin in rasender Eile zu sämtlichen

»»… nichts außer solchen Zetteln und eine verriegelte Tür und die davor gestellten Speisen …««

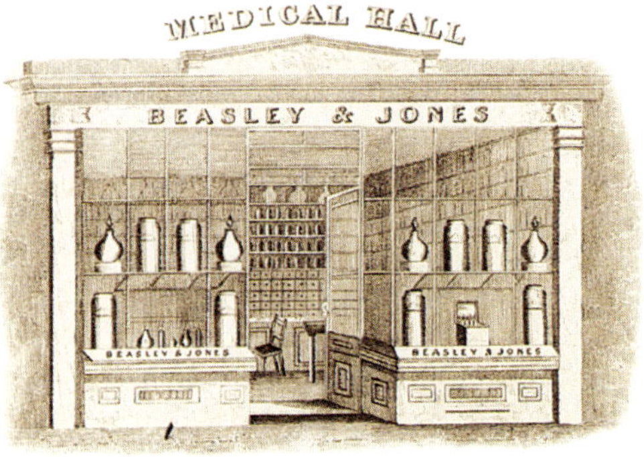

Eine Apotheke mit Arzneigefäßen in der Auslage.

Apothekern in der ganzen Stadt herumgehetzt worden. Jedes Mal brachte ich das verlangte Zeug mit; dann kam ein neues Papier, das mir befahl es zurückzubringen, weil es nicht rein wäre, und ein neuer Befehl an eine andere Firma. Diese Droge wird bitternötig gebraucht, Sir, wofür es auch immer sein mag.«

»Haben Sie noch einen dieser Zettel?«, fragte Mr. Utterson.

Poole fühlte in seine Tasche und zog ein zusammengeknülltes Papier heraus, das der Anwalt, dicht unter die Kerze haltend, sorgfältig prüfte. Der Inhalt lautete folgendermaßen: »Dr. Jekyll sendet den Messrs. Maw seine besten Empfehlungen. Er muss Ihnen leider versichern, dass Ihre letzte Probe unrein und für seinen augenblicklichen Zweck völlig unbrauchbar ist. Im Jahre 18** kaufte Dr. Jekyll eine ziemlich große Menge von Messrs. Maw. Er bittet Sie nun, mit peinlichster Sorgfalt Nachsuche zu halten und, falls noch etwas von der gleichen Qualität vorhanden sein sollte, es ihm sofort zu übermitteln. Kosten spielen keine Rolle. Die Bedeutung dieser Sache für Dr. Jekyll kann kaum übertrieben werden.« Bis hierher war der Brief ziemlich beherrscht gehalten, aber an dieser Stelle hatte den Schreiber offenbar seine Selbstbeherrschung verlassen, die Feder war ausgeglitten. »Um des Himmels willen«, hatte er noch hinzugefügt, »treiben Sie mir etwas von dem alten Medikament auf!«

Ein Apotheker und sein Lehrling arbeiten im Laboratorium hinter dem Laden.

»Das ist ein seltsames Schriftstück«, sagte Mr. Utterson und dann scharf: »Wie kommen Sie dazu, es geöffnet im Besitz zu haben?«

»Der Mann bei Maws war mächtig ärgerlich, Sir, und warf es mir wieder zu, als wäre es ein Stück Dreck«, erwiderte Poole.

Ein Lehrling bereitet eine Arznei zu.

»Das ist doch fraglos des Doktors Hand, nicht wahr?«, meinte der Anwalt.

»Ich sollte meinen, dass sie ihr gleicht«, versetzte der Diener mürrisch. Dann, mit veränderter Stimme sagte er: »Aber, was kommt es darauf schon an. Ich habe ihn doch gesehen!«

»Ihn gesehen?«, wiederholte Mr. Utterson. »Nun, und?«

»Das ist's ja eben«, sagte Poole. »Es war so: Ich kam unerwartet aus dem Garten in den Hörsaal.

Anscheinend war er herausgeschlüpft, um nach diesem Zeug oder irgendetwas anderm zu suchen; denn die Arbeitszimmertür stand offen und er wühlte an dem entferntesten Ende des Saales zwischen den Kisten herum. Als ich eintrat, blickte er auf, stieß eine Art Schrei aus und sauste treppauf in das Kabinett. Kaum eine Minute hatte ich ihn gesehen, aber mir standen die Haare wie Borsten auf dem Kopfe. Sir, wenn das mein Gebieter war, warum trug er eine Maske vor dem Gesicht? Wenn es mein Herr war, warum quietschte er auf wie eine Ratte und rannte vor mir davon? Ich habe ihm doch lange genug gedient. Und dann …« Der Mann stockte und strich sich mit der Hand über das Gesicht.

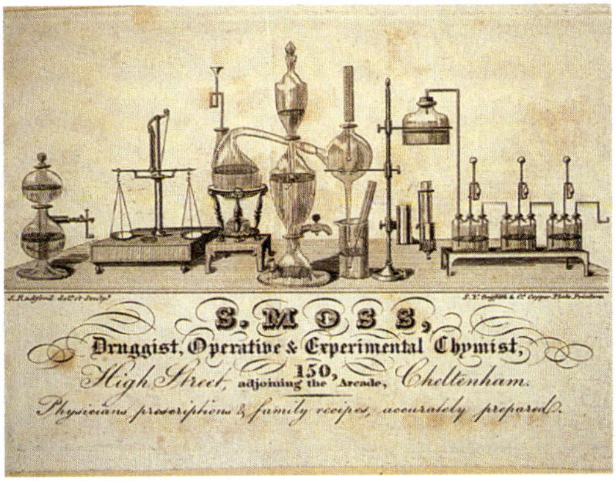

Visitenkarte eines Apothekers. Abgebildet sind Gerätschaften zum Zubereiten von Arzneien, zum Beispiel eine Waage, mit der man die Menge der »Zutaten« bestimmte.

»Das sind in der Tat alles sehr merkwürdige Umstände«, sagte Mr. Utterson, »aber ich glaube, mir geht allmählich ein Licht auf. Ihr Herr, Poole, ist offenbar von einer jener Krankheiten ergriffen, die den Patienten sowohl quälen wie entstellen. Daher, wie ich annehmen möchte, die Veränderung seiner Stimme. Daher die Maske und das Meiden seiner Freunde. Daher das brennende Verlangen, die Droge zu finden. Wahrscheinlich die letzte Hoffnung dieser armen Seele, wieder zu gesunden. Gott gebe, dass ihm keine Enttäuschung wird! Das ist meine Erklärung: Sie ist traurig genug, Poole, gewiss, und entsetzlich, wenn es so ist. Aber sie ist einfach und natürlich, alles stimmt gut zusammen und befreit uns von dieser übertriebenen Sorge.«

»Sir«, sagte der Butler und fleckige Blässe überzog von neuem sein Gesicht. »Jenes Ding war nicht mein Herr. Das ist die Wahrheit. Mein Herr«, dabei blickte er sich scheu um und senkte die Stimme zu einem Flüstern, »ist ein großer, stattlicher Mann und dies Ding war eher ein Zwerg.« Utterson versuchte zu widersprechen. »Oh, Sir!«, rief Poole, »glauben Sie, ich sollte nach zwanzig Jahren meinen Herrn nicht kennen? Glauben Sie, ich wüsste nicht, wie hoch sein Kopf in der Tür des Arbeitszimmers reicht, wo ich ihn jeden Morgen meines Lebens sah? Nein, Sir, das Ding in der Maske war niemals Doktor Jekyll – Gott weiß, was es war, aber es war nie Doktor Jekyll. Und mein Herz sagt es mir, dort ist ein Mord geschehen!«

Die Illustration aus der *Pharmacie anglaise* (»Englische Apotheke«) von Charles Delacre (1889) zeigt unter anderem eine Laborantin bei der Arbeit.

»Poole«, erwiderte der Anwalt, »wenn Sie das behaupten, dann ist es meine Pflicht, der Sache auf den Grund zu gehen. So sehr ich auch wünsche Ihres Herrn Gefühle zu schonen,

» »… als jenes maskierte Wesen, einem Affen gleich, zwischen den Chemikalien herumhüpfte und in das Kabinett sauste, rann es mir eiskalt den Rücken hinunter.« «

so viel mir auch dieser Zettel zu denken gibt, der zu beweisen scheint, dass er noch lebt, betrachte ich es doch als meine Pflicht, jene Tür zu erbrechen.«

»Ah, Mr. Utterson, das ist ein Wort!«, rief der Butler.

»Und jetzt erhebt sich die große Frage«, fuhr Utterson fort, »wer soll es tun?«

»Wer? Sie und ich, Sir!«, war die unerschrockene Antwort.

»Das ist ein gutes Wort«, erwiderte der Anwalt, »und was auch daraus folgen mag, ich werde jedenfalls dafür sorgen, dass Ihnen daraus kein Schaden erwächst.«

»Im Hörsaal liegt eine Axt«, fuhr Poole fort, »und Sie können ja den Schürhaken nehmen.«

Der Anwalt nahm das rohe, aber gewichtige Instrument zur Hand und wog es. »Wissen Sie auch, Poole«, sagte er aufblickend, »dass Sie und ich im Begriff sind, uns in eine ziemlich gefährliche Situation zu begeben?«

»Da haben Sie sicherlich nicht Unrecht«, erwiderte der Butler.

»Dann ist es gut, wenn wir zueinander aufrichtig sind«, sagte der andere. »Wir beide denken mehr, als wir bisher ausgesprochen haben. Lassen Sie uns reinen Tisch machen! Haben Sie jene maskierte Gestalt, die Sie dort sahen, erkannt?«

»Hm, Sir, es ging alles so schnell und das Wesen war so zusammengekrümmt, dass ich kaum darauf schwören könnte«, lautete die Antwort. »Aber wenn Sie annehmen, dass es Mr. Hyde war – nun ja, ich glaube, er war's! Sehen Sie, es war etwa von der gleichen Größe und es hatte dieselben raschen Bewegungen, und dann, wer sonst hätte wohl durch die Laboratoriumstür hineinkommen können? Sie haben's doch nicht vergessen, Sir, dass er zur Zeit des Mordes noch immer den Schlüssel bei sich hatte? Ah, das ist noch nicht alles! Ich weiß nicht, Mr. Utterson, ob Ihnen je dieser Mr. Hyde begegnet ist?«

»Ja«, erwiderte der Anwalt, »einmal hab ich mit ihm gesprochen.«

»Dann müssen Sie so gut wie wir anderen alle wissen, dass an diesem Herrn etwas Sonderbares war – etwas, das einem Menschen einen Ruck versetzte –, ich weiß nicht recht, wie ich mich ausdrücken soll, Sir, höchstens so: Sie hatten das Gefühl, als liefe es Ihnen kalt durch Mark und Bein!«

»Ich gestehe, ich hatte tatsächlich ein ähnliches Gefühl, wie Sie's beschreiben«, sagte Mr. Utterson.

»Richtig, Sir«, erwiderte Poole, »nun, als jenes maskierte Wesen, einem Affen gleich, zwischen den Chemikalien herumhüpfte und in das Kabinett sauste, rann es mir eiskalt den Rücken hinunter. Oh, ich weiß, das ist kein Beweis, Mr. Utterson. Um das zu verstehen, habe ich genug gelesen. Aber ein Mensch hat sein sicheres Gefühl und ich schwöre Ihnen auf die Bibel: Es war Mr. Hyde.«

»Ja, ja«, sagte der Anwalt, »meine Befürchtungen neigen der gleichen Richtung zu. Böses, fürchte ich, stiftete jene Verbindung – Böses musste daraus folgen. Ja, wahrhaftig, ich glaube Ihnen; ich glaube, mein armer Henry ist ermordet, und ich glaube auch, dass sein Mörder (zu welchem Zweck, vermag Gott allein zu sagen) noch immer in dem Zimmer seines Opfers lauert. Schön, uns gebührt die Rache! Rufen Sie Bradshaw.«

Der Bediente kam auf den Ruf hin, sehr bleich und aufgeregt.

»Reißen Sie sich zusammen«, sagte der Anwalt, »diese Ungewissheit, ich weiß es, lastet auf euch allen. Aber es ist unsere Absicht, damit ein Ende zu machen. Poole und ich werden uns jetzt den Zutritt in das Arbeitszimmer erzwingen. Sollte alles in Ordnung sein, meine Schultern sind stark genug die Blamage zu tragen. Inzwischen jedoch und für den Fall, dass doch etwas nicht in Ordnung ist oder irgendein Übeltäter versuchen sollte durch die Hintertür zu entkommen, gehen Sie mit dem Jungen, mit ein paar guten Knüppeln bewaffnet, um die Ecke herum und stellen Sie sich neben der Laboratoriumstür auf. Wir geben euch zehn Minuten Zeit, euren Posten zu beziehen.«

Als Bradshaw fort war, sah der Anwalt auf seine Uhr. »Und jetzt, Poole, auf, an unser Werk!« Und mit dem Schürhaken unter dem Arm ging er in den Garten. Regenwolken hatten sich vor den Mond geschoben und es war jetzt völlig dunkel. Der Wind, der nur noch in einzelnen Stößen in diesen tiefen Schacht von einem Gebäude hineindrang, ließ das Licht der Kerze während ihres Ganges hin und her flackern, bis sie in den Schutz des Hörsaals gelangten. Dort setzten sie sich schweigend hin und warteten. Feierlich tönte das Summen

Zwei goldene Taschenuhren (Ende 19. Jahrhundert).

» Erst beim fünften Hieb barst der Riegel in Stücke und die Trümmer der Tür stürzten nach innen auf den Teppich. «

Londons aus der Ferne. Doch in ihrer Nähe wurde die Stille nur durch den Klang eines Schrittes unterbrochen, der auf und ab das Arbeitszimmer durcheilte.

»So geht es da drinnen den ganzen Tag, Sir«, sagte Poole. »Ja, und den größten Teil der Nacht. Nur wenn eine neue Mustersendung von dem Chemiker kommt, gibt es eine kurze Pause. Ach, es ist das böse Gewissen, das solch ein Feind der Ruhe ist. Ach, Sir, Blut, schmählich vergossenes Blut hängt an jedem dieser Tritte. Aber horchen Sie wieder! ein bisschen näher – legen Sie Ihr ganzes Herz in Ihre Ohren, Mr. Utterson, und sagen Sie mir: Ist das des Doktors Schritt?«

Die Schritte waren leicht und unregelmäßig, hatten aber trotz ihrer Langsamkeit einen gewissen Schwung. Es war in der Tat ein großer Unterschied zu dem gewichtigen, knarrenden Tritt Henry Jekylls. Utterson seufzte: »Geht das dort immer so?«, fragte er.

Poole nickte. »Einmal«, sagte er, »einmal hörte ich es weinen.«

»Weinen? Was heißt das?«, fragte der Anwalt mit einem plötzlichen Schauer des Schreckens.

»Weinen wie eine Frau oder eine verlorene Seele«, sagte der Butler. »Es bedrückte so mein Herz, dass ich gleichfalls hätte weinen mögen.«

Jetzt waren die zehn Minuten vorüber. Poole zog unter einem Haufen Packstroh die Axt hervor, die Kerze wurde auf den nächstgelegenen Tisch gestellt, um ihnen bei ihrem Angriff zu leuchten, und mit verhaltenem Atem näherten sie sich dem Platze, worinnen jener ausdauernde Fuß in der Stille der Nacht noch immer einherschritt, auf und ab, auf und ab.

Nachbau einer in der Londoner Wigmore Street gelegenen Apotheke (Anfang 20. Jahrhundert).

»Jekyll!«, rief Utterson mit lauter Stimme, »ich muss dich sehen!«

Einen Moment lang wartete er, allein es kam keine Antwort. »Ich warne dich ehrlich. Unser Argwohn ist erwacht und ich muss und werde dich sehen«, schloss er. »Wenn nicht mit ehrlichen, dann mit unehrlichen Mitteln – wenn nicht mit deiner Zustimmung, dann mit brutaler Gewalt.«

»Utterson«, antwortete die Stimme, »um des Himmels willen, sei barmherzig.«

»Ah!«, rief Utterson. »Das ist nicht Jekylls Stimme – es ist die von Hyde! Poole, nieder mit der Tür!«

Poole schwang die Axt über seinem Kopf, der Schlag ließ das Gebäude erzittern und die rote Friestür erzitterte in Schloss und Angel. Ein misstönendes Gekreisch wie von tierischer Angst drang aus dem Kabinett. Wieder hob sich die Axt, wieder krachten die Füllungen und der Türrahmen erzitterte. Viermal noch erdröhnte der Schlag, aber das Holz war zäh und das Türgerüst ausgezeichnete Zimmermannsarbeit. Erst beim fünften Hieb barst der Riegel in Stücke und die Trümmer der Tür stürzten nach innen auf den Teppich.

»Doch direkt in der Mitte lag der schmerzhaft zusammengekrümmte, noch zuckende Körper eines Mannes.«

Die Sieger, erschreckt über ihren eigenen Lärm und die plötzlich eingetretene Stille, traten ein Stückchen zurück und lugten hinein. Da lag das Kabinett vor ihren Augen in ruhigem Lampenlicht, ein angenehmes Feuer glühte und knatterte im Kamin, der Kessel summte seine leise Melodie. Eine oder zwei Schubladen standen offen, auf dem

Experimentiertisch lagen wohlgeordnet Schriftstücke und nahe dem Feuer war alles für den Tee vorbereitet: Das friedlichste Zimmer, hätte man meinen können, und, abgesehen von den mit allen möglichen Chemikalien voll gepfropften Glasschränken, der gemütlichste Raum heute Nacht in London.

Bildtafel aus einer Ausgabe von *Mrs. Beeton's Book of Household Management* aus dem Jahre 1881. Isabella Beeton (1837–1865) veröffentlichte ihr haushaltstechnisches Handbuch 1861. Es erwies sich als großer Erfolg und wurde bis Ende des Jahrhunderts mehrmals nachgedruckt. Neben 3000 Rezepten und Artikeln enthielt es Ausführungen über Recht und Medizin. Mrs. Beeton ist noch heute eine in Fachkreisen viel zitierte Autorität.

Doch direkt in der Mitte lag der schmerzhaft zusammengekrümmte, noch zuckende Körper eines Mannes. Auf Zehenspitzen schlichen sie näher, drehten den Körper auf den Rücken und erblickten das Antlitz – Edward Hydes. Er war bekleidet mit Kleidern, die viel zu groß für ihn waren, einem Anzuge für des Doktors Größe. Die Muskeln seines Gesichtes zuckten noch mit einem Schein von Leben, aber die Lebenskraft war bereits entflohen. Angesichts der zerpressten Phiole in seiner Hand und des starken Bittermandelgeruches, der in der Luft hing, wusste Utterson, dass er den Leib eines Selbstmörders vor sich hatte.

»Wir sind zu spät gekommen«, sagte er ernst, »zu retten sowohl wie zu strafen. Hyde ist zu seinem Richter eingegangen; uns bleibt lediglich den Körper Ihres Herrn zu suchen.«

Der bei weitem größte Teil des Gebäudes wurde von dem Hörsaal eingenommen, der fast das ganze Erdgeschoss umfasste und mittels Oberlicht erleuchtet wurde, sowie von dem Arbeitszimmer, das an dem einen Ende ein Zwischengeschoss bildete und auf den Hof hinaussah. Ein Korridor führte von dem Hörsaal zu der Tür in der Nebenstraße. Mit diesem Gang stand auch das Arbeitszimmer durch eine zweite Treppe in direkter Verbindung. Außerdem gab es dort noch ein paar dunkle Kammern und einen geräumigen Keller. Diese ganzen Räumlichkeiten durchstöberten die beiden von oben bis unten. Bei den verschiedenen Kammern bedurfte es nur eines flüchtigen Blickes; denn alle waren leer und der Staub, der von den Türen herabfiel, zeigte, dass sie schon lange nicht mehr geöffnet worden waren. Der Keller dagegen war mit altem Plunder angefüllt, der zum größten Teil noch aus der Zeit von Jekylls Vorbesitzer, dem Chirurgen, stammte. Als sie jedoch die Tür öffneten, wurde ihnen sofort die Zwecklosigkeit eines weiteren Nachforschens klar; denn ein förmlicher Teppich von Spinnweben hatte offenbar schon seit Jahren den Eingang überzogen. Nirgends fand sich auch nur eine Spur von Henry Jekyll, tot oder lebend.

Poole stampfte auf die Fliesen des Korridors: »Hier muss er begraben sein«, und lauschte auf den Klang.

»Falls er nicht entflohen ist«, meinte Utterson und machte kehrt, um die nach der Nebenstraße führende Tür zu untersuchen. Sie war verschlossen und dicht daneben auf den Fliesen fanden sie den Schlüssel, bereits mit Rost überzogen.

»Das sieht nicht nach Gebrauch aus«, bemerkte der Anwalt.

»Gebrauch?«, echote Poole. »Sehen Sie nicht, Sir, dass er zerbrochen ist, als ob ein Mensch auf ihm herumgetrampelt hätte?«

»Ja«, fuhr Utterson fort, »und die Bruchstellen sind ebenfalls bereits rostig.« Die beiden Männer blickten sich in tödlichem Schrecken an. »Das geht über meinen Verstand, Poole«, sagte der Anwalt, »wir wollen ins Arbeitszimmer zurückkehren.«

» Sie war verschlossen und dicht daneben auf den Fliesen fanden sie den Schlüssel, bereits mit Rost überzogen. «

Schweigend gingen sie die Treppe hinauf und mit einem gelegentlichen scheuen Seitenblick auf den toten Körper machten sie sich daran, den Inhalt des Kabinetts gründlicher zu durchstöbern. Auf dem einen Tisch bemerkte man Spuren chemischer Arbeit; verschiedene abgemessene Haufen eines weißen Salzes standen auf Glasschälchen da wie zu einem Versuch vorbereitet, an dessen Durchführung der unglückliche Mann verhindert worden war.

»Das ist die gleiche Droge, die ich ihm immer gebracht habe«, sagte Poole und gerade, als er sprach, kochte der Kessel mit einem erschreckenden Geräusch über.

Dies veranlasste sie, an den Kamin zu treten, wo der Polsterstuhl einladend stand und alles zum Tee bequem zur Hand lag, selbst der Zucker war bereits in der Tasse. Auf einem Bord standen verschiedene Bücher, eines lag aufgeschlagen neben dem Teegerät, und Utterson war tief ergriffen, als er sah, dass es ein religiöses Werk war, für das Jekyll wiederholt große Bewunderung ausgedrückt hatte und in das von seiner eigenen Hand

»Utterson war tief ergriffen, als er sah, dass es ein religiöses Werk war …«

die scheußlichsten Blasphemien hineingekritzelt waren.

Weiter führte der Weg die Sucher bei der Durchforschung des Zimmers zu dem Drehspiegel, in dessen Tiefe sie mit einem unwillkürlichen Schauder blickten. Doch er war so gedreht, dass er ihnen nichts zeigte außer der rötlichen Glut, die an der Decke spielte, dem Feuerschein, der in hundert Wiederholungen von den geschliffenen Rändern des Spiegels widergestrahlt wurde, und ihre eigenen angsterfüllten Gesichter, die hineinblickten.

»Dieses Glas hat manch seltsame Dinge gesehen«, flüsterte Poole.

»Doch sicherlich nichts Seltsameres als sich selbst«, wiederholte der Anwalt im nämlichen Tone, »wozu brauchte Jekyll« – er fuhr bei seinen eigenen Worten erschreckt zusammen, dann seiner Schwäche Herr werdend – »wozu mochte ihn Jekyll nur gebrauchen?«

»Ja, wozu nur?«, erwiderte Poole.

Als Nächstes wandten sie sich dem Experimentiertische zu. Auf der Platte zwischen den sauber geordneten Papieren lag zuoberst ein großer Briefumschlag, der in des Doktors Hand den Namen Mr. Uttersons trug. Der Anwalt entsiegelte ihn und mehrere Einlagen fielen auf den Boden. Das erste war ein Testament mit den gleichen exzentrischen Bestimmungen wie jenes, das er ihm vor sechs Monaten zurückgegeben hatte. Es sollte im Falle des Todes als Testament und im Falle seines Verschwindens als Geschenkurkunde dienen, aber anstelle des Namens von Edward Hyde las der Anwalt mit unbeschreiblicher Verblüffung den Namen Gabriel John Utterson. Er blickte auf Poole und dann zurück auf das Schriftstück und endlich auf den toten, auf den Teppich hingestreckten Verbrecher.

»Mir dreht sich der Kopf«, sagte er. »All diese Tage hatte er diese Papiere im Besitz gehabt, er hatte keine Ursache, mich zu lieben, er muss gerast haben sich selbst entthront zu sehen, und doch hat er dieses Dokument nicht vernichtet.«

Er hob das nächste Schriftstück auf. Es war ein kurzer Brief von des Doktors Hand und trug oben das Datum. »Oh, Poole!«, rief der Anwalt, »heute lebte er noch und war hier. In so kurzer Zeit kann er nicht vernichtet worden sein. Er muss noch leben, er muss entflohen sein! Aber warum entflohen? Und wie? Und ist das der Fall, wie lässt sich dieser Selbstmord erklären? Oh, wir müssen vorsichtig sein, sonst, fürchte ich, verstricken wir Ihren Herrn noch in irgendeine furchtbare Katastrophe.«

»Warum lesen Sie's nicht, Sir?«, fragte Poole.

»Weil ich Angst habe!«, erwiderte der Anwalt ernst. »Gott gebe, dass sie grundlos sei.« Mit diesen Worten nahm er den Brief auf und las Folgendes:

» Der Anwalt entsiegelte den Briefumschlag und mehrere Einlagen fielen auf den Boden. «

»Mein lieber Utterson!

Wenn dieses Schreiben in deine Hände fällt, werde ich verschwunden sein. Unter welchen Umständen, habe ich nicht die Möglichkeit vorauszusehen. Aber mein Instinkt und sämtliche Einzelheiten meiner nicht zu beschreibenden Lage künden mir, dass das Ende sicher ist und nahe bevorsteht. Mach dich auf und lies zuerst den Bericht, den Lanyon, wie er mir drohte, deinen Händen anvertrauen wollte. Und wenn du dann noch mehr zu hören wünschest, dann greife zu der Beichte deines unwürdigen und unglücklichen Freundes

Henry Jekyll.«

»Es war doch noch eine dritte Einlage da?«, erkundigte sich Utterson.

»Hier, Sir«, sagte Poole und übergab ihm ein umfangreiches, mit mehreren Siegeln verschlossenes Paket.

Der Anwalt steckte es in seine Tasche. »Ich würde nichts von diesem Papier erwähnen. Falls Ihr Herr geflohen oder tot ist, sollten wir wenigstens ver-

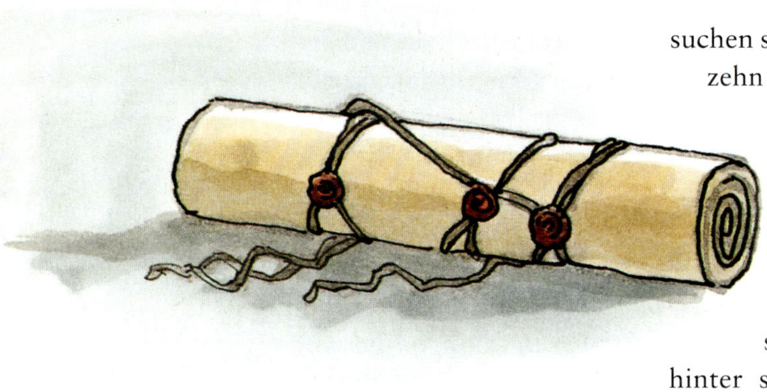

suchen seinen Ruf zu retten. Es ist jetzt zehn Uhr. Ich muss nun heimgehen, um diese Dokumente in Ruhe zu lesen, aber ich werde vor Mitternacht zurück sein, und dann werden wir nach der Polizei schicken.«

Sie gingen hinaus und verschlossen die Tür des Hörsaals hinter sich. Und Utterson schleppte sich mühsam heim in sein Büro, um die beiden Berichte zu lesen, die die Erklärung für dieses Mysterium bergen sollten; inzwischen blieben die Dienstboten ängstlich um das Feuer geschart in der Diele zurück.

» »Ich muss nun heimgehen, um diese Dokumente in Ruhe zu lesen …« «

9

Dr. Lanyons Bericht

Am neunten Januar, heute vor vier Tagen, erhielt ich mit der Abendpost einen eingeschriebenen Brief von der Hand meines Kollegen und alten Schulkameraden Henry Jekyll. Ich war sehr überrascht, denn wir pflegten absolut nicht miteinander zu korrespondieren. Erst am Abend vorher hatte ich den Mann gesehen und mit ihm zusammen gespeist und ich konnte mir nach der Art unseres Verkehrs nicht vorstellen, was die Formalität des Einschreibens gerechtfertigt hätte. Der Inhalt steigerte noch meine Verwunderung, denn der Brief lautete also:

Ein Londoner Postbote. Im Jahre 1886 machten die Postboten noch mehrere Runden täglich, was den Adressaten erlaubte, noch am selben Tag auf einen erhaltenen Brief zu antworten. Als man zum Ende des 19. Jahrhunderts hin zunehmend Telegraf und Telefon benutzte, wurde dieser Service eingeschränkt.

»9. Januar 18**

Lieber Lanyon! Du bist einer meiner ältesten Freunde und, obgleich wir seinerzeit in wissenschaftlichen Fragen auseinander gingen, kann ich mich, wenigstens was mich betrifft, nicht erinnern, dass unsere Zuneigung einen Bruch erlitten hätte. Nie gab es einen Tag, da ich, wenn du zu mir gesagt hättest: ›Jekyll, mein Leben, meine Ehre, meine Vernunft hängen von dir ab‹, nicht freudig mein Vermögen oder meine linke Hand geopfert hätte, um dir zu helfen. Lanyon! mein Leben, meine Ehre, mein Verstand hängen nur von deiner Barmherzigkeit ab! Wenn du mich heute Nacht im Stich lässt, bin ich verloren! Nach dieser Einleitung kannst du annehmen, dass ich im Begriff bin dich um etwas zu bitten, das zu gewähren unehrenhaft ist. Doch urteile selbst!

Ich bitte dich für heute Nacht alle anderen Verabredungen abzusagen – selbst wenn du an das Bett eines Kaisers gerufen wärest –, sofort eine Droschke zu nehmen, falls dein eigener Wagen nicht gleich vor der Tür hält, und mit diesem Brief als Ausweis in deiner Hand zu mir zu fahren. Poole, mein Butler, hat seine Anweisungen. Du wirst ihn mit einem Schlosser, deine Ankunft erwartend, bereit finden. Die Tür meines Arbeitszimmers soll dann gewaltsam geöffnet werden und du sollst allein eintreten. Öffne den Glasschrank (Ziffer E) zur Linken; falls er verschlossen ist, erbrich das Schloss und ziehe mit ihrem gesamten Inhalt, wie er steht und liegt, die vierte Schublade von oben oder (was das Gleiche heißt) die dritte vom Boden heraus. Bei meiner vollständigen Geistesverwirrung habe ich eine tödliche Furcht, dir falsche Angaben

Das Hauptpostamt in St. Martin's-le-Grand mit der Kuppel der St. Paul's Cathedral im Hintergrund. Von hier fuhren die Postwagen regelmäßig in alle Himmelsrichtungen. Das Gebäude wurde 1829 eingeweiht und 1912 zerstört.

zu machen, aber selbst wenn ich mich geirrt haben sollte, kannst du die richtige Schublade an ihrem Inhalt erkennen: einige Pulver, eine Phiole und ein Notizbuch. Diese Schublade bitte ich dich, genau wie sie ist, mit dir nach Cavendish Square zurückzunehmen.

Das ist der erste Teil des erbetenen Dienstes. Jetzt zum zweiten. Wenn du genau nach dieser Anweisung handelst, wirst du lange vor Mitternacht wieder zurück sein. Doch ich will dir diesen Spielraum lassen, nicht nur aus Furcht vor irgendwelchen unvermeidlichen und nicht vorherzusehenden Hindernissen, sondern weil auch eine Stunde, zu der deine Dienstboten sich bereits im Bett befinden, für das, was noch zu tun bleibt, vorzuziehen ist. Um Mitternacht also bitte ich dich, allein in deinem Sprechzimmer zu sein und mit eigener Hand einen Mann in das Haus zu lassen, der sich in meinem Namen vorstellen wird, um ihm die Schublade zu übergeben, die du aus meinem Arbeitszimmer mitgebracht hast. Damit ist deine Rolle beendet und du kannst meiner rückhaltlosesten Dankbarkeit sicher sein. Fünf Minuten später, falls du auf einer Erklärung bestehst, wirst du eingesehen haben, dass diese Vorkehrungen von ausschlaggebender Bedeutung sind und dass durch Vernachlässigung auch nur einer derselben, fantastisch wie sie erscheinen müssen, du dein Gewissen mit meinem Tode oder der Zerstörung meines Verstandes belastet hättest.

Vertrauensvoll wie ich bin, dass du mit dieser flehentlichen Bitte keinen Missbrauch treiben wirst, sinkt mir das Herz und zittern meine Hände bei dem bloßen Gedanken an eine solche Möglichkeit. Denke in dieser Stunde an mich, wie ich hier an einem seltsamen Orte weile, leidend unter so furchtbaren Seelenqualen, dass keine Fantasie sich schlimmere auszudenken vermöchte, und dennoch mit der klaren Einsicht, dass, falls du mir nur pünktlich dienst, meine Nöte dahinschwinden werden, wie eine Geschichte, die erzählt ist. Diene mir, mein lieber Lanyon, und rette

deinen Freund
H. J.

P. S. Ich hatte bereits mein Siegel aufgedrückt, als ein neuer Schrecken meine Seele befiel. Ist es möglich, dass das Postamt mich im Stich lässt und dieser Brief erst morgen Früh in deine Hände gelangt? In diesem Falle, lieber Lanyon, folge meinem Auftrag im Verlaufe des Tages, wann es dir am besten passt, und erwarte meinen Boten noch einmal um Mitternacht. Vielleicht ist es dann bereits zu spät. Sollte auch diese Nacht ohne einen Zwischenfall vorübergehen, dann wirst du wissen, dass du das Letzte von Henry Jekyll gesehen hast.«

Nach der Lektüre dieses Briefes war ich überzeugt, dass mein Kollege geisteskrank sei. Aber solange das noch nicht über jeden Zweifel erhaben erwiesen war, fühlte ich mich verpflichtet nach seinem Ersuchen zu handeln. Nur wenig vermochte ich von diesem Mischmasch zu begreifen. Nur wenig konnte ich in Bezug auf seine Wichtigkeit beurteilen, aber einen so lautenden Appell konnte man nicht, ohne schwere Verantwortlichkeit auf sich zu laden, einfach beiseite legen. Ich erhob mich daher sofort vom Tisch, bestieg eine Droschke und fuhr direkt zu Jekylls Haus. Der Butler erwartete schon meine Ankunft. Mit gleicher Post wie ich hatte er einen eingeschriebenen Brief mit Instruktionen erhalten und hatte sofort nach einem Schlosser und einem Zimmermann geschickt. Die Handwerker kamen, während wir noch miteinander sprachen, und wir begaben uns gemeinsam nach des alten Doktor Denmans chirurgischem Hörsaal, von dem aus man (wie du zweifellos weißt) am bequemsten Jekylls Privatkabinett betritt. Die Tür war außerordentlich fest, das Schloss ausgezeichnet; der Zimmermann versicherte, er würde große Mühe haben und erheblichen Schaden anrichten, wenn Gewalt angewendet werden müsste, und der Schlosser wollte fast verzweifeln. Aber er war ein geschickter Bursche und nach zwei Stunden Arbeit stand die Tür offen. Der mit »E« bezeichnete Schrank war unverschlossen. Ich zog die Schublade heraus, füllte sie mit Stroh an, um-

» Aber der Schlosser war ein geschickter Bursche und nach zwei Stunden Arbeit stand die Tür offen. «

»Die Pulver waren sehr ordentlich verpackt, doch nicht mit der Sorgfalt eines zünftigen Chemikers.«

wickelte sie mit einem Tischtuch und fuhr dann mit ihr nach Cavendish Square zurück.

Hier machte ich mich daran, ihren Inhalt zu untersuchen. Die Pulver waren sehr ordentlich verpackt, doch nicht mit der Sorgfalt eines zünftigen Chemikers. Es war daher klar, dass sie Jekylls eigenes Erzeugnis waren. Und als ich eines der Päckchen öffnete, fand ich darin eine Substanz, die mir ein einfaches kristallinisches Salz von weißer Färbung zu sein schien. Die Phiole, der ich dann meine Aufmerksamkeit zuwandte, mochte etwa zur Hälfte mit einer blutroten Flüssigkeit angefüllt sein, die äußerst beißend auf den Geruchssinn wirkte und mir Phosphor und irgendein flüchtiges Öl zu enthalten schien. Andere Ingredienzien vermochte ich nicht festzustellen. Das Buch war ein gewöhnliches Schreibheft und enthielt kaum etwas außer einer Reihe von Daten. Diese erstreckten sich über einen Zeitraum von vielen Jahren, aber ich bemerkte, dass die Eintragungen ganz abrupt vor etwa einem Jahr aufhörten. Hie und da war dem Datum eine kurze Bemerkung beigefügt, gewöhnlich nicht mehr als ein einziges Wort: »Verdoppelt«. Das kam vielleicht sechs Mal bei insgesamt mehreren Hundert Eintragungen vor und einmal, ziemlich am Anfang der Liste und gefolgt von mehreren Ausrufungszeichen stand: »Absolut versagt!!!« So sehr dieses alles meine Neugierde reizte, brachte es mir doch nur wenig Aufklärung. Da hatten wir ein Fläschchen mit irgendeiner Tinktur, ein Papier mit einem Salz und den Bericht über eine Reihe von Experimenten, die (wie nur allzu viele von Jekylls Forschungen) zu keinem praktischen Resultat geführt hatten. Wie vermochte wohl das Vorhandensein dieser Gegenstände in meinem Hause die Ehre, die Gesundheit oder gar das Leben meines fantastischen Kollegen zu beeinflussen? Wenn sein Bote hierher kommen konnte, warum konnte er nicht auch woanders hingehen? Und selbst zugegeben, es bestände dafür ein Hinderungsgrund, warum sollte ich diesen Herrn so heimlich empfangen? Je mehr ich

Ein Paar englischer Pistolen aus dem Jahre 1800. Die Erfindung der Pistole mit sich automatisch drehender Trommel, Revolver genannt, ist dem Amerikaner Samuel Colt (1814–1862) zu verdanken.

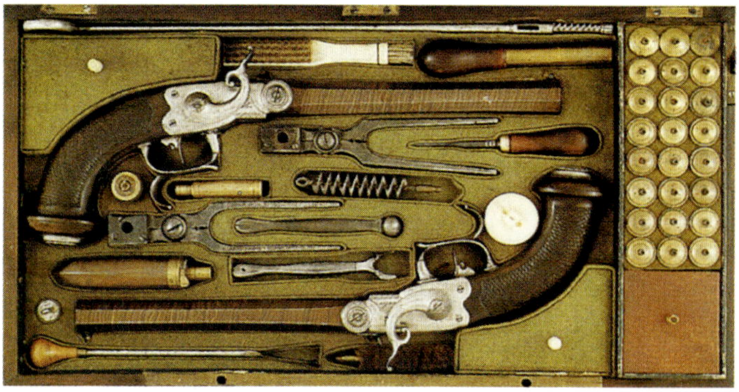

überlegte, desto mehr festigte sich bei mir die Überzeugung, dass ich es mit einem Fall geistiger Verwirrung zu tun hätte, und obwohl ich meine Dienstboten zu Bett schickte, lud ich einen alten Revolver, um mich wenigstens einigermaßen verteidigen zu können.

Kaum hatte die Uhr zwölf Mal über London geschlagen, als leise von der Haustür her der Klopfer ertönte. Auf diese Aufforderung hin ging ich selbst nach unten und erblickte einen kleinen Mann, der sich eng an den Pfeiler des Portikus drückte.

»Kommen Sie von Doktor Jekyll?«, fragte ich.

Mit einer gezwungenen Gebärde bejahte er, und als ich ihn bat näher zu treten, folgte er erst, nachdem er einen forschenden Blick zurück auf den dunklen Platz geworfen hatte. Nicht weit entfernt war ein Polizist, der mit einer offenen Blendlaterne auf uns zukam. Bei seinem Anblick schien mir mein Besucher zu stutzen und mit größerer Hast einzutreten.

Ich muss offen gestehen, dass mich diese einzelnen Umstände unangenehm berührten, und während ich ihm in das helle Licht des Sprechzimmers folgte, hielt ich meine Waffe schussbereit in der Hand. Hier konnte ich ihn wenigstens deutlich erkennen. Das eine war sicher, ich hatte ihn vorher nie zu Gesicht bekommen. Wie ich schon erwähnte, war er klein. Abgesehen von dem abschreckenden Ausdruck seines Gesichtes fiel mir sofort die sonderbare Verbindung großer Muskelstärke mit scheinbarer Körperschwäche auf und – last not least – ein seltsames subjektives Missbehagen, das seine Nähe in mir erregte. Dieses Unbehagen hatte eine gewisse Ähnlichkeit mit einem beginnenden Starrkrampf und wurde von einer deutlichen Abnahme des Pulsschlages begleitet. Damals führte ich es auf eine gewisse Idiosynkrasie zurück, einen persönlichen Widerwillen, und wunderte mich nur über die Heftigkeit dieser Symptome. Aber seit jener Zeit hatte ich Grund zu glauben, dass die Ursache viel tiefer in der Natur des Menschen begründet lag, und edlere Beweggründe als Hassgefühl dafür anzunehmen.

» Auf diese Aufforderung hin ging ich selbst nach unten und erblickte einen kleinen Mann, der sich eng an den Pfeiler des Portikus drückte. «

Dieser Mensch nun (der vom ersten Moment seines Eintrittes an in mir ein Gefühl erzeugt hatte, das ich nur als eine mit Abscheu ge-

Dieser Einband eines Notenhefts mit dem Titel *The Guardians of the Night* (»Die Wächter der Nacht«) zeigt eine Polizeipatrouille in der Londoner Regent Street.

mischte Neugier zu bezeichnen vermag) war in einer Art gekleidet, die einen gewöhnlichen Menschen nur lächerlich hätte erscheinen lassen: Sein Anzug, wenn man von einem Anzug überhaupt sprechen kann, obwohl von schwerem, dunklem Stoff, war in allen Abmessungen viel zu groß für ihn – die Beinkleider hingen auf seine Stiefel herab und waren hochgeschlagen, damit sie nicht auf dem Boden schleppten; die Taille des Rockes saß unterhalb der Hüften und der Kragen hing unordentlich über die Schultern. Seltsamerweise war diese lächerliche Ausrüstung weit davon entfernt, mich zum Lachen zu reizen. Wenn auch etwas Anomales und Missgestaltetes aus dem innersten Wesen dieses Geschöpfes sprach, das mir hier gegenüberstand – etwas, das fesselte, überraschte und empörte –, schien diese äußerliche Disharmonie doch zu dem Ganzen zu passen und seine Wirkung noch zu verstärken, sodass sich meinem Interesse für des Mannes Natur und Charakter noch die Neugier über sein Herkommen, sein Leben, seine Vermögensumstände und seine Stellung in der Welt hinzugesellten.

Diese verschiedenen Beobachtungen, einen so großen Raum sie auch zu ihrer Niederschrift beanspruchen, waren doch das Werk weniger Sekunden. Mein Besucher begann sofort in düsterer Erregung:

»Haben Sie es bekommen? Haben Sie es bekommen?«, und so stark war seine Ungeduld, dass er mich sogar am Arm packte und zu schütteln versuchte.

Ich stieß ihn zurück, bewusst eines eisigen Schauers, der bei seiner Berührung durch mein Blut rann. »Beruhigen Sie sich, Sir«, sagte ich, »Sie vergessen, dass ich bisher nicht das Vergnügen Ihrer Bekanntschaft hatte. Bitte, nehmen Sie Platz!« Ich ging ihm mit gutem Beispiel voran und ließ mich in möglichst

» Kaum hatte die Uhr zwölf Mal über London geschlagen, als leise von der Haustür her der Klopfer ertönte. «

Zwei Modelle von Herrenüberziehern: Oben ist ein Modell mit Samtkragen aus dem Jahre 1876 zu sehen, unten ein Regenmantel von 1879 mit Innenfutter aus Schottenstoff.

getreuer Nachahmung meiner üblichen Art einem Patienten gegenüber, so gut es die späte Stunde, meine Befangenheit und die Angst, die ich vor meinem Besucher hatte, mir gestatteten, auf meinem gewöhnlichen Platze nieder.

»Verzeihen Sie mir, Dr. Lanyon«, erwiderte er höflich, »was Sie sagen, ist nur allzu begründet, und meine Ungeduld hat meiner Höflichkeit den Rücken gekehrt. Ich bin auf Veranlassung Ihres Kollegen, Dr. Henry Jekyll, hierher gekommen, in einem Geschäft von einiger Bedeutung, und, wie ich verstand ...« Er machte eine Pause und legte die Hand auf seine Brust, und trotz seiner gefassten Art konnte ich sehen, dass er gegen einen neuen hysterischen Anfall kämpfte. – »Ich verstand eine Schublade ...«

Aus Mitleid mit der Ungewissheit, unter der mein Besucher litt, vielleicht war auch meine eigene wachsende Neugier der Grund, sagte ich: »Dort steht sie, Sir«, und zeigte auf die Schublade, die noch immer mit dem Tuche bedeckt hinter einem Tisch auf dem Boden stand.

Er sprang hin, dann blieb er stehen und legte die Hand auf sein Herz. Ich konnte hören, wie seine Zähne bei den konvulsivischen Zuckungen seiner Kiefer knirschten. Sein Gesicht hatte einen so geisterhaften Ausdruck, dass ich Sorge für sein Leben und für seinen Verstand zu empfinden begann.

»Fassen Sie sich«, sagte ich.

Mit einem schrecklichen Lachen wandte er sich nach mir um, dann riss er mit der Entschlossenheit der Verzweiflung das Tuch fort. Beim Anblick des Inhalts stieß er einen lauten Seufzer so unendlicher Erleichterung aus, dass ich wie versteinert dasaß, und im nächsten Augenblick fragte er mit einer Stimme, die er bereits wieder völlig in der Gewalt hatte: »Haben Sie ein Messglas da?«

Mit einiger Anstrengung erhob ich mich von meinem Platz und gab ihm das Verlangte.

Mit freundlichem Nicken dankte er mir, maß eine winzige Menge der roten Tinktur ab und schüttete eines der Pulver hinein. Die Mischung, die zuerst eine rötliche Tönung hatte, ging in dem Maße, wie das Salz schmolz, in eine leuchtende Farbe über, wallte hörbar auf und stieß kleine Dampfwölkchen aus. Plötzlich hörte das Aufwallen auf und im gleichen Moment änderte sich die Färbung der Mischung in dunkles Purpur, das sich dann wieder allmählich in ein wässriges Grün umwandelte. Mein Gast, der diese Metamorphosen mit scharfer Aufmerksamkeit verfolgt hatte, lächelte, stellte das Glas auf den Tisch, drehte sich dann um und blickte mich forschend an.

»Und jetzt«, sagte er, »heißt es beratschlagen, was geschehen soll. Wollen Sie klug sein? Wollen Sie sich raten lassen? Wollen Sie mir gestatten dieses Glas zu ergreifen und, ohne weiter zu sprechen, Ihr Haus zu verlassen, oder hat die Neugier Sie schon allzu sehr gepackt? Überlegen Sie Ihre Antwort wohl, denn es soll alles genau so geschehen, wie Sie es bestimmen. Wenn Sie wollen, bleibt alles, wie es vorher war, Sie werden weder reicher noch klüger sein, wenn man nicht das Bewusstsein, einem Menschen in Todespein einen Dienst erwiesen zu haben, als eine Bereicherung der Seele betrachten will. Wenn Sie es aber vorziehen sollten, eine andere Wahl zu treffen, dann werden Ihnen in diesem Zimmer und im nämlichen Augenblick ein neues Wissensgebiet und neue Wege zu Ruhm und Macht eröffnet werden, und Ihr Auge wird von einem Wunder geblendet werden, groß genug Satans Unglauben wanken zu machen.«

»Sir«, sagte ich, eine Gleichgültigkeit markierend, die ich in Wirklichkeit keineswegs fühlte, »Sie sprechen in Rätseln und Sie werden sich wahrscheinlich nicht wundern, dass ich Sie ohne rechten Glauben anhöre. Doch ich habe mich schon allzu tief in diese unerklärlichen Dinge eingelassen, um Halt zu machen, bevor ich den Abschluss gesehen habe.«

»Schön«, erwiderte mein Besucher, »Lanyon, erinnere dich deines Eides: Was folgt, steht unter dem Siegel unseres Berufsgeheimnisses. Und jetzt gib Acht, der du so lange an den engen und materiellen Anschauungen festgehalten hast, du, der du die Macht der transzendentalen Medizin geleugnet hast, du, der du die Überlegenen verspottest – gib Acht!«

Er führte das Glas an die Lippen und leerte es in einem Zug. Ein Schrei ertönte, er wankte, taumelte, griff nach dem Tisch und hielt sich an ihm fest, mit hervorquellenden Augen und mit offenem Munde nach Luft ringend.

»Mit freundlichem Nicken dankte er mir, maß eine winzige Menge der roten Tinktur ab und schüttete eines der Pulver hinein.«

Dieses Gemälde von William Quiller Orchardson von 1886 zeigt ein im spätviktorianischen Stil eingerichtetes Zimmer. Die vornehme Kleidung des sitzenden Mannes und die aufwändige Ausstattung des Zimmers lassen auf Wohlhabenheit schließen, wie sie auch Dr. Lanyon kannte.

Und während ich noch hinblickte, kam plötzlich eine Veränderung – er schien aufzuschwellen –, sein Gesicht verfärbte sich schwarz und die Züge schienen sich aufzulösen und zu verändern – und im nächsten Augenblick war ich aufgesprungen, taumelte gegen die Wand, meine Arme hoben sich, um mich vor jenem Furchtbaren zu schützen, und meinen Geist ergriff Entsetzen.

»O Gott«, schrie ich, »o Gott!«, wieder und wieder; denn dort vor mir, vor meinen Augen – bleich und zitternd und halb ohnmächtig und mit den Händen vor sich hertastend, wie ein vom Tode Auferstandener – dort stand – Henry Jekyll.

Was er mir in der nächsten Stunde erzählte, vermag ich nicht niederzuschreiben. Ich sah, was ich sah, ich hörte, was ich hörte, und bei alledem ward meine Seele krank; und dennoch, jetzt, da dieser Anblick meinen Augen entschwunden ist, jetzt frage ich mich: Kann ich es glauben? Und ich finde keine Antwort. Mein Lebensnerv ist in seinen Wurzeln erschüttert, der Schlaf hat mich verlassen, tödlicher Schrecken sitzt mir zur Seite, jede Stunde, Tag und Nacht. Ich fühle, meine Tage sind gezählt, ich muss sterben; und dennoch, ich werde ungläubig sterben. An die moralische Verworfenheit, die jener Mensch mir enthüllte, obwohl mit Tränen der Reue, kann ich selbst in der Erinnerung nicht ohne neues Grauen denken. Nur eines will ich sagen, Utterson, und das (wenn du dich dazu zwingen kannst, es zu glauben) ist mehr als genug: Das Geschöpf, das in jener Nacht sich in mein Haus schlich, war nach Jekylls eigenem Bekenntnis bekannt unter dem Namen Hyde und wurde in jedem Winkel unseres Landes gesucht als Mörder Carews.

Hastie Lanyon.

10

Henry Jekylls ausführliche Erklärung des Falls

Ich wurde im Jahre 18** als Erbe eines großen Vermögens geboren, von der Natur mit ausgezeichneten Anlagen beschenkt; ich war fleißig und legte Wert auf die Achtung der Klugen und Guten unter meinen Mitmenschen. All das hätte, wie man wohl annehmen könnte, eine Bürgschaft für eine glänzende Zukunft geboten. Tatsächlich bestand der schlimmste meiner Fehler in einer gewissen unbezähmbaren Neigung zur Fröhlichkeit, eine Veranlagung, die für viele das Glück bedeutet hätte. Ich aber fand es schwer, diese Neigung mit meinen hochfliegenden Wünschen, mein Haupt stolz zu tragen und in der Öffentlichkeit eine mehr als gewöhnlich ernste Miene zu zeigen, in Einklang zu bringen.

Ein Porträt Stevensons aus der Zeit, als er seine Erzählung schrieb. Manche Kritiker glaubten in der Beichte des Dr. Jekyll gewisse Züge der Persönlichkeit des Autors zu erkennen.

So kam es, dass ich meine Vergnügungen verheimlichte; und als ich die Jahre der Selbstbesinnung erreichte, anfing mich umzuschauen und mir Rechenschaft über meinen Fortschritt und meine Stellung in der Welt abzulegen, stand ich bereits einer tiefen Zwiespältigkeit in meinem Dasein gegenüber. Manch einer hätte sich wohl sogar noch solcher Regelwidrigkeiten, wie ich sie mir zuschulden kommen ließ, gerühmt, doch bei den hohen Zielen, die ich mir gesteckt hatte, betrachtete und verbarg ich sie mit einem fast krankhaften Gefühl der Scham. Es waren also eher die hohen Forderungen meines Strebens als eine besondere Erniedrigung in meinen Fehlern, die mich zu dem machten, was ich war; und die Trennungslinie, die in meinem Innern jene Sphären von Gut und Böse schied, die des Menschen Doppelnatur trennen und verbinden, war bei mir sogar noch tiefer gezogen als bei der Mehrzahl der Menschen. Angesichts dieser Lage wurde ich dazu gedrängt, tief und unerbittlich über jenes harte Lebensgesetz nachzudenken, das einerseits die Wurzel der Religion ist, andererseits eine der stärksten Quellen des Elends bildet. Obwohl so im Grunde ein Doppelwesen, war ich doch in keiner Hinsicht ein Heuchler. Beide Seiten meines Wesens waren mir todernst. Es entsprach nicht weniger meinem wahren Ich, wenn ich alle Hemmungen

Der Arzt. Das 1653 entstandene Gemälde von Gerard Dou zeigt einen Mediziner bei der Arbeit. Zu der Zeit, als es gemalt wurde, hatte die Tätigkeit der Ärzte manches mit der der Alchimisten gemein. Letztere wurden oft verdächtigt einen Pakt mit dem Teufel geschlossen zu haben, um Wissen zu erlangen.

beiseite warf und mich in Schande tauchte, als wenn ich in der Helle des Tages mich um den Fortschritt der Wissenschaft oder um Milderung von Sorgen und Leiden mühte.

Es traf sich, dass die Richtung meiner wissenschaftlichen Forschungen, die ganz auf Mystik und Übersinnliches zielten, diese Erkenntnis des ewigen Kampfes in meinem Innern stärkten und erleuchteten. Mit jedem Tage und von beiden Seiten meiner Geistigkeit, der moralischen und der intellektuellen, näherte ich mich so ständig jener Wahrheit, durch deren teilweise Entdeckung ich zu einem so fürchterlichen Schiffbruch verdammt worden bin: dass der Mensch in Wahrheit nicht eins, sondern wahrlich zwei ist. Ich sage zwei, weil der Status meiner eigenen Erkenntnis nicht über diesen Punkt hinausgeht. Andere werden folgen, andere werden mich auf dieser gleichen Linie überflügeln. Ja, ich wage anzunehmen, dass die Menschheit sich schließlich bewusst werden wird eines ganzen Gemeinwesens vielfältiger, inkongruenter und unabhängiger Existenzen. Ich für meinen Teil, nach der Natur meines Lebens, schritt unfehlbar in einer Richtung vorwärts, und nur in einer Richtung. Auf dem Gebiete der Moral, an meiner eigenen Persönlichkeit, lernte ich die absolute, unergründliche Zwiespältigkeit im Menschen erkennen. Ich sah, dass, wenn ich auch von den beiden Naturen, die im Bereiche meines Bewusstseins miteinander kämpften, mit Grund behauptete, die eine zu sein, dies lediglich deswegen geschehen konnte, weil ich wahr und wahrhaftig beide war.

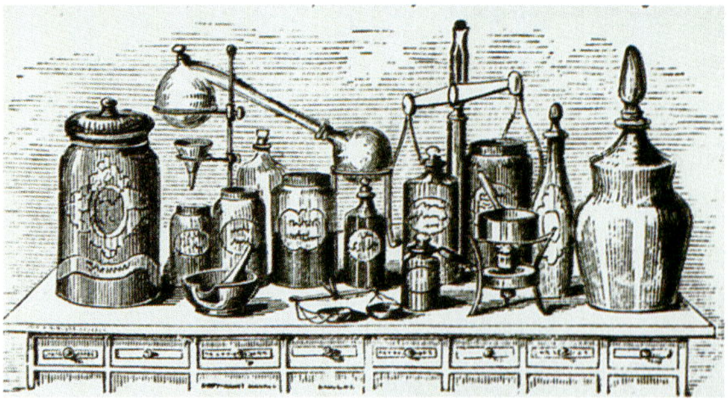

Instrumente eines Apothekers.

Schon sehr zeitig, noch ehe der Verlauf meiner wissenschaftlichen Entdeckung angefangen hatte, auch nur die bloße Möglichkeit eines solchen Wunders in Betracht zu ziehen, vertiefte ich mich gern in Wachträumen in den Gedanken einer Trennung dieser Elemente. Ich sagte mir, falls es gelänge, jede dieser beiden Naturen in gesonderte Persönlichkeiten zu verpflanzen, das Leben von allem dem, was jetzt unerträglich war, befreit sein würde. Der Ungerechte könnte seinem Wege folgen, befreit vom Streben und den Gewissensbissen seines rechtschaffenen Zwillingsbruders, und der Gerechte könnte fest und sicher seinen aufwärts führenden Pfad schreiten, das Gute tun, das seine Freude bildet, fürder nicht mehr Schande und Strafe ausgesetzt durch die Hand dieses ihm wesensfremden Bösen. Es war der Fluch der Menschheit, dass diese inkongruenten Teile so miteinander verbunden waren – dass in dem qualdurchzuckten Schoße des Bewusstseins diese einander feindlichen Zwillinge ständig im Kampfe liegen mussten. Was würde geschehen, wären sie geschieden?

So weit war ich mit meinen Überlegungen gediehen, als von der Platte des Experimentiertisches ein Lichtstrahl auf dieses Problem zu fallen begann. Klarer, als es bisher je ein Mensch erkannt, begann ich die bebende Unkörperlichkeit, die nebelhafte Vergänglichkeit dieses scheinbar so fest gefügten Leibes, mit welchem bekleidet wir hier auf Erden wandeln, zu begreifen. Ich entdeckte, dass gewisse Kräfte die Macht hatten, die fleischliche Einkleidung zu erschüttern und zurückzuziehen, gerade wie der Wind die Vorhänge eines Pavillons zu teilen vermag. Aus zwei stichhaltigen Gründen will ich mich nicht tiefer auf die wissenschaftliche Seite meiner Beichte einlassen: erstens, weil ich die Erfahrung machen musste, dass unseres Lebens Fluch und Bürde ewig auf des Menschen Schultern lastet; und wenn man den Versuch macht, seinem Schicksal zu entfliehen, es packt uns nur wieder, noch unbarmherziger und mit noch grausamerem Griff; zweitens, weil meine Entdeckung, wie mein Bericht, ach, nur allzu deutlich zeigen wird, unvollständig war. Genug denn, ich erkannte meinen Körper nicht nur als reine Ausstrahlung und als einen Abglanz gewisser Kräfte, die mein geistiges Ich bildeten, sondern es gelang mir auch, ein Mittel herzustellen, mit dessen Hilfe diese Kräfte ihrer Oberhoheit entledigt wurden und in neuer Form und Gestalt auftraten, meinem Ich nicht weniger natürlich, weil sie der Ausdruck waren und den Stempel trugen der niedrigeren Mächte meiner Seele.

Lange zögerte ich, bevor ich diese Theorie einer praktischen Probe unterzog. Ich wusste wohl, dass ich mein Leben wagte; denn eine Droge, die so übermächtig die starke Festung der Identität beherrschte und erschütterte, konnte, war die Dosierung auch nur um die geringste Kleinigkeit zu stark oder bei der leisesten Indisposition im Augenblick der Durchführung, von Grund aus dieses immaterielle Tabernakel, das ich zu verändern beabsichtigte, zerstören. Endlich aber siegte das Verführerische einer Entdeckung, so einzigartig, so inhaltsschwer, über alle Besorgnis. Lange stand meine Tinktur bereit.

Porträt von Sigmund Freud (1856–1939). Obwohl der Wiener Psychoanalytiker seine Ausführungen über die Spaltung der Persönlichkeit und das Unbewusste damals noch nicht veröffentlicht hatte, interessierten diese Phänomene bereits viele Wissenschaftler. Fanny Osborne, die Frau Stevensons, erklärte später, ihr Mann habe sich unter anderem durch einen Artikel über das Unbewusste in einer französischen wissenschaftlichen Zeitschrift inspirieren lassen.

» … nahm ich meinen ganzen Mut zusammen und stürzte die Arznei hinunter. «

Ich kaufte einst von einer chemischen Fabrik eine erhebliche Quantität eines besonderen Salzes, das, wie ich nach meinen Experimenten wusste, das letzte erforderliche Ingrediens darstellte, und spät, in einer verfluchten Nacht, mischte ich diese Elemente, überwachte ihr Kochen und Brodeln in der Retorte, und als das Aufwallen nachgelassen hatte, nahm ich meinen ganzen Mut zusammen und stürzte die Arznei hinunter.

Quälendste Todesangst folgte; ein Reißen in den Knochen, tödliche Übelkeit und ein Angstgefühl, wie es in der Stunde der Geburt oder des Todes nicht größer sein kann. Dann begann diese Qual rasch zu weichen und ich kam wieder zu mir mit einem Gefühl, als erwache ich aus schwerer Krankheit. Es war etwas Fremdartiges in meinem Empfinden, etwas unbeschreiblich Neues und dank dieser völligen Neuheit unsagbar Süßes. Ich fühlte mich jünger, leichter, glücklicher. In meinem Innern lebte eine berauschende Sorglosigkeit; ein Strom ungeordneter sinnlicher Vorstellungen durchrauschte in tausend Wirbeln meine Fantasie; alle Bande der Verpflichtung schienen gelöst und ein nie gekanntes, doch nicht unschuldsvolles Freiheitsgefühl erfüllte meine Seele. Mit dem ersten Atemzug dieses neuen Lebens erkannte ich, dass ich lasterhafter geworden war, zehnfach lasterhafter, ein Sklave alles Bösen, das in mir gelebt hat. Dieser Gedanke stärkte und entzückte mich in dem Augenblick gleich Wein. Jauchzend angesichts der Lebhaftigkeit dieser Empfindung streckte ich meine Arme aus und im gleichen Moment wurde ich plötzlich gewahr, dass ich kleiner geworden war.

Damals befand sich in meinem Arbeitszimmer noch kein Spiegel; der, welcher neben mir steht, während ich dies schreibe, wurde erst später und eigens zum Zweck dieser Verwandlungen hierher geschafft. Die Nacht war jedoch bereits in den Morgen übergegangen – und der Morgen, finster wie er war, war nahezu reif für den Empfang des Tages – und die Mitbewohner meines Hauses lagen noch tief vom Schlafe umfangen. Im Überschwang von Hoffnung und Triumph beschloss ich mich in meiner neuen Gestalt in mein Schlafzimmer vorzuwagen. Ich durchquerte den Hof, in dem die Sterne auf mich niederblickten, und staunend kam mir der Gedanke, das erste Geschöpf dieser Art zu sein, das ihre nie ruhende Wachsamkeit ihnen enthüllte. Ein Fremder in meinem eigenen Hause, stahl ich mich durch die Korridore, und als ich mein Zimmer erreichte, erblickte ich zum ersten Mal die Erscheinung Edward Hydes.

Ich kann nur theoretisch sprechen und nicht sagen, was ich weiß, sondern lediglich das, was meiner Ansicht nach am wahrscheinlichsten ist. Die böse Seite meines Lebens, auf die ich jetzt die wirkende Kraft übertragen hatte, war weniger robust und weniger entwickelt als die gute, die ich gerade von ihrem Throne gestürzt hatte. Außerdem war im Verlaufe meines Lebens, das trotz allem ein Leben der Arbeit, der Tugend und der Selbstzucht gewesen, diese Seite viel weniger geübt, doch auch viel weniger erschöpft worden. Daher kam es meiner Ansicht nach, dass Edward Hyde um so viel kleiner, schmächtiger und jünger war als Henry Jekyll. Wie das Gute aus dem Antlitz des einen strahlte, stand das Böse breit und klar auf dem Gesicht des andern geschrieben. Überdies hatte dieses Böse (das, wie ich auch heute noch glaube, der sterbliche Teil des Menschen ist) jenem Körper den Stempel der Verunstaltung und des Verfalles aufgedrückt, und doch, wenn ich auf jenes scheußliche Monstrum in dem Spiegel blickte, wurde ich mir keines Widerwillens, eher eines Gefühls freudigen Willkommens bewusst. Dies war gleichfalls mein Ich. Es erschien mir natürlich und menschlich. In meinen Augen zeigte es einen lebendigeren Abglanz des Geistes, es erschien mir ausdrucksvoller und einheitlicher als das unvollkommene und zwiespältige Antlitz, das ich bisher gewöhnt war, als das meine zu bezeichnen. So weit hatte ich zweifellos Recht. Ich habe beobachtet, dass, wenn ich das Aussehen Edward Hydes zeigte, niemand mir zum ersten Mal ohne einen sichtbaren physischen Schauder nahen konnte. Nach meiner Auffassung kam das daher, dass alle menschlichen Wesen, die uns begegnen, eine Mischung aus Gut und Böse in sich tragen. Edward

Wenn Dr. Jekyll von dem »Gefängnis meiner Veranlagung« spricht, klingen die Theorien des deutschen Philosophen Friedrich Nietzsche (1844–1900) an, demzufolge die Gesetze der Gesellschaft darauf abzielen, das außergewöhnliche Individuum in Unzufriedenheit zu halten, auf der gleichen Stufe wie seine niederen Artgenossen. Nur indem er sich von diesen Regeln und Zwängen befreit, kann sich der »Übermensch« offenbaren.

Hyde allein unter allen Menschen war ausschließlich böse.

Ich weilte nur einen Augenblick vor dem Spiegel: Das zweite und entscheidende Experiment musste jetzt versucht werden. Es blieb noch festzustellen, ob ich meine Identität unwiederbringlich verloren hatte und noch vor Tagesanbruch aus einem Hause fliehen musste, das nicht länger mehr meines war. Und in mein Arbeitszimmer zurückeilend, bereitete und trank ich noch einmal den Kelch, noch einmal erduldete ich die Qualen der Auflösung und kam wieder zu mir mit dem Charakter, der Gestalt und dem Antlitz Henry Jekylls.

In jener Nacht war ich zu dem verhängnisvollen Kreuzwege gelangt. Wäre ich mit edlerem Geiste an meine Entdeckung herangetreten, hätte ich den Versuch gemacht, unter dem Einfluss hochherzigen und frommen Strebens, alles hätte einen anderen Lauf nehmen müssen, und aus diesen Ängsten von Tod und Wiedergeburt wäre ich als Engel statt als Teufel auferstanden. Die Droge selbst hatte kein Unterscheidungsvermögen; sie war weder teuflisch noch göttlich, sie sprengte nur die Tore des Gefängnisses meiner Veranlagung, und gleich den Gefangenen von Philippi, wurde, was innen lebte, frei. Zu jener Zeit schlief meine Tugend; mein Böses, durch Ehrgeiz wach gehalten, saß auf dem Sprung und ergriff behände die Gelegenheit; und das Ding, das so erzeugt wurde, hieß Edward Hyde. Obwohl ich von nun an zwei Charaktere sowohl wie zwei Erscheinungsformen besaß, war die eine gänzlich schlecht und die andere war noch weiter der alte Henry Jekyll, jene widerspruchsvolle Mischung, die zu bessern und zu veredeln ich bereits verzweifelt aufgegeben hatte. Die Entwicklung ging also eindeutig zum Schlechteren.

» Ich weilte nur einen Augenblick vor dem Spiegel. «

Selbst zu jener Zeit hatte ich meine Abneigung gegen ein trockenes Gelehrtenleben noch nicht ganz niedergekämpft. Bisweilen regte sich bei mir Genusssucht, und da meine Vergnügungen (um mich milde auszudrücken) nicht mehr ehrbarer Art waren, ich aber nicht nur allgemein bekannt und hoch geschätzt war, sondern auch anfing ein bejahrterer Mann zu werden, wurde mir diese Gegensätzlichkeit meines Lebens von Tag zu Tag immer unangenehmer. Dies war die Stelle, an der die neue Macht mich versuchte, bis ich ihr als Sklave verfiel. Ich brauchte ja nur den Trank zu schlürfen und sofort schwand der Körper des berühmten Professors und umhüllte sich wie mit einem dicken Mantel mit dem Körper Edward Hydes. Ich lächelte bei diesem Gedanken. Damals erschien er mir spaßhaft und mit größter Sorgfalt traf ich meine Vorbereitungen. Ich mietete und möblierte das Haus in Soho, in dem Hyde von der Polizei gesucht wurde, engagierte als Haushälterin ein Geschöpf, von dem ich wusste, dass es verschwiegen und gewissenlos war; andererseits kündigte ich meiner Dienerschaft an, dass ein gewisser Mr. Hyde (den ich genau beschrieb) volle Freiheit und Verfügungsrecht über mein Haus an jenem Platze hätte, und, um unglücklichen Zufälligkeiten vorzubeugen, sprach ich dort sogar in meiner zweiten Rolle vor und machte mich allen zu einer vertrauten Erscheinung. Das Nächste war, dass ich jenes Testament aufsetzte, das du so heftig bekämpftest, damit, falls mir in der Person Dr. Jekylls etwas zustieß, ich ohne pekuniäre Verluste als Edward Hyde in seine Rechte eintreten konnte. So, wie ich annahm, nach jeder Seite hin gesichert, fing ich an aus meinem sonderbaren Privileg Nutzen zu ziehen.

»... als ich mein Zimmer erreichte, erblickte ich zum ersten Mal die Erscheinung Edward Hydes.«

In alten Zeiten mieteten Menschen Bravos, um ihre Verbrechen auszuführen, während ihr Ruf und ihre eigene Person in Sicherheit blieben. Ich war der Erste, der dieses tat, um seinen Lüsten zu frönen. Ich war der Erste, der so in den Augen der Öffentlichkeit, umschmeichelt von dem Rufe einer heiteren Achtbarkeit, dahinschreiten konnte, um in einem Augenblick, gleich einem Schulbuben, diese Fessel abzustreifen und mich in das Meer freier Ungebundenheit zu stürzen. Dank meiner undurchdringlichen Maske war die Sicherheit vollkommen. Bedenke – ich existierte ja nicht einmal! Lass mich nur hinter meine Laboratoriumstür schlüpfen, gewähre mir eine oder zwei Minuten Zeit den Trank, der stets bereitstand, zu mischen und hinabzuschlucken, und was er auch immer verübt hatte, Edward Hyde schwand dahin gleich dem Hauch des Atems auf einem Spiegel. Und an seiner Stelle saß ruhig in seinem Heim ein Mann und putzte die mitternächtliche Lampe in seinem Arbeitszimmer, ein Mann, der sich gestatten konnte über jeden Argwohn zu lächeln, Henry Jekyll.

» Edward Hyde schwand dahin gleich dem Hauch des Atems auf einem Spiegel. «

Die Vergnügungen, denen ich in meiner Vermummung nachjagte, waren, das hab ich bereits erwähnt, unwürdiger Art. Eine härtere Bezeichnung ließe sich kaum rechtfertigen. Aber in den Händen Edward Hydes erhielten sie bald ein monströses Ansehen. Wenn ich von diesen Ausflügen heimgekehrt war, setzte mich die tiefe Verderbtheit meines Stellvertreters oft selbst in Erstaunen. Dieser dienstbare Geist, den ich aus meiner eigenen Seele emporrief und allein aussandte seinen Freuden nachzugehen, war ein durch und durch boshaftes, schändliches Geschöpf. All seine Taten und Gedanken hatten nur sein eigenes Selbst zum Mittelpunkte. Mit bestialischer Gier schlürfte er aus jeder Quälerei, die andern zugefügt wurde, seine Lust, mitleidlos, wie ein Mann von Stein. Entgeistert stand Henry Jekyll bisweilen vor Edward Hydes Taten. Aber dessen Stellung lag außerhalb des gewöhnlichen Gesetzes und zerstreute heimtückisch die Bedenken des Gewissens. Es war Hyde, trotz allem, und Hyde allein, der sich mit Schuld belud. Jekyll wurde dadurch nicht schlechter, anscheinend ungeschwächt erwachten wieder seine guten Eigenschaften. Wo es möglich war, eilte er sogar, das Böse, das Hyde getan, ungeschehen zu machen. So schlummerte sein Gewissen.

Ich habe nicht die Absicht, im Einzelnen die Schandtaten zu erörtern, denen ich auf diese Weise stillschweigend zustimmte (denn selbst heute vermag ich kaum einzugestehen, dass ich selbst sie beging), ich möchte nur von den Warnzeichen sprechen und die einander folgenden Schritte zeigen, mit denen sich meine Strafe allmählich nahte. Ich beginne mit einem Vorfall, den ich jedoch, da er keine Folgen nach sich zog, nur erwähnen möchte. Ein Akt der Grausamkeit gegen ein

Kind erregte gegen mich den Zorn eines Passanten, in dem ich am folgenden Tage einen Verwandten von dir wiedererkannte. Der Arzt und des Kindes Familie traten ihm zur Seite und es gab Augenblicke, in denen ich für mein Leben fürchtete. Endlich, um ihren nur allzu gerechten Zorn zu beschwichtigen, musste Edward Hyde sie an die Hintertür führen und bezahlte sie mit einem auf den Namen Henry Jekyll ausgestellten Scheck. Doch eine derartige Gefahr ließ sich für die Zukunft leicht aus dem Wege räumen durch Eröffnung eines auf den Namen Edward Hyde selbst lautenden Kontos bei einer anderen Bank. Nachdem ich außerdem noch durch steil rückwärts geführte Schrift mein Doppelwesen mit eigener Unterschrift ausgerüstet hatte, glaubte ich mich der Reichweite des Schicksals entzogen zu haben.

» Die Vergnügungen, denen ich in meiner Vermummung nachjagte, waren, das hab ich bereits erwähnt, unwürdiger Art. «

Etwa zwei Monate vor der Ermordung Sir Danvers war ich wieder zu einem meiner Abenteuer ausgezogen und erst spät zurückgekehrt und erwachte am nächsten Morgen in meinem Bett mit einem etwas seltsamen Gefühl. Vergebens blickte ich mich um, vergebens war es, dass ich die anständige Einrichtung und die großen Ausmaße meines Zimmers am Platze betrachtete, vergebens, dass ich das Muster der Bettvorhänge und die Maserung des Mahagonigebälks wiedererkannte: Irgendetwas sagte mir, dass ich nicht war, wo ich war, dass ich nicht dort aufgewacht sei, wo ich mich anscheinend befand, sondern in dem kleinen Zimmer in Soho, wo ich gewöhnt war in der Gestalt Edward Hydes zu schlafen. Ich lächelte über mich selbst und als Psychologe begann ich schläfrig den Einzelheiten dieser Illusion nachzuforschen. Dabei fiel ich sogar gelegentlich in einen angenehmen morgendlichen Halbschlaf. So lag ich noch immer, als mein Auge zufällig in einem lichteren Moment auf meine Hand fiel. Nun war die Hand Henry Jekylls (wie du ja oft bemerkt hast) in Form und Größe eine typische Arzthand: Sie war groß, fest, weiß und hübsch. Doch die Hand, die ich jetzt nur allzu klar in dem gelben Licht eines Londoner Morgens erblickte, die Hand, die halb geschlossen auf dem Betttuch lag, war dürr, mit hervortretenden Adern und Knöcheln, gebräunt und mit einem schwarzen Haarwald überzogen; es war die Hand Edward Hydes.

»Ein Akt der Grausamkeit gegen ein Kind erregte gegen mich den Zorn eines Passanten …«

Wohl eine halbe Minute lang muss ich in stupides Erstaunen versunken die Hand betrachtet haben, bevor plötzlich und erschreckend wie ein Paukenschlag zitternde Angst in meiner Brust erwachte, und ich aus dem Bett aufschnellend zum Spiegel stürzte. Der Anblick, der sich meinen Augen bot, ließ mein Blut zu dünnem Eis erstarren. Kein Zweifel, als Henry Jekyll war ich zu Bett gegangen und als Edward Hyde erwachte ich. »Wie ließ sich das erklären?«, fragte ich und dann, ein neuer Schreck durchzuckte mich – »Wie ließ es sich heilen?« Es war schon spät am Morgen, die Dienstboten längst auf, meine sämtlichen Drogen befanden sich im Kabinett – ein weiter Weg, zwei Treppen hinunter, durch den rückwärtigen Korridor, quer über den offenen Hof und durch den anatomischen Hörsaal, von dort,

»... es war die Hand Edward Hydes.«

wo ich jetzt angstgeschüttelt stand. Es mochte vielleicht möglich sein, mein Gesicht zu verdecken; aber was konnte das nützen, wenn ich nicht imstande war die Veränderung meiner Gestalt zu verbergen? Dann, mit unendlicher Süße, kam mir die Erleichterung. Es fiel mir ein, dass die Dienstboten ja bereits an das Kommen und Gehen meiner zweiten Existenz gewöhnt waren. Ich war bald, so gut es ging, mit einem Anzug meiner eigentlichen Größe bekleidet: Bald hatte ich das Haus durcheilt, wo Bradshaw verwundert gaffte und sich beim Anblick Mr. Hydes zu so ungewöhnlicher Stunde und in so seltsamem Aufzuge zurückzog, und zehn Minuten später war Dr. Jekyll zu seiner eigenen Gestalt zurückgekehrt, saß unten mit verfinsterter Stirne und erweckte den Eindruck, als frühstücke er.

Mein Appetit war in der Tat klein. Dieser rätselhafte Vorgang, dieses Über-den-Haufen-Stürzen meiner bisherigen Erfahrungen schien gleich dem babylonischen Finger auf der Wand die Worte meines Urteilsspruches zu künden. Ernsthafter als je vorher begann ich über die Folgen und Möglichkeiten meiner Doppelexistenz nachzudenken. Jener Teil meines Wesens, den ich die Macht hatte hervorzuzaubern, war in letzter Zeit in allzu hohem Maße geübt und gepflegt worden. Schon kürzlich hatte ich den Eindruck, als hätte der Körper Edward

Im Mai 1887 wurde in Boston eine Theaterfassung der Erzählung mit dem Schauspieler Richard Mansfield in der Hauptrolle aufgeführt.

Hydes an Größe zugenommen, als strömte mir (wenn ich jene Form trug) das Blut lebhafter durch die Adern, und ich fing an eine Gefahr zu ahnen, dass, wenn dieses noch lange so fortging, das Gleichgewicht meiner Natur dauernd gestört werden könnte, die Macht willkürlicher Veränderungen verscherzt und der Charakter Edward Hydes unwiderruflich der meinige sein würde. Die Kraft der Droge hatte nicht immer gleichmäßig gewirkt; einmal, ganz am Anfange meiner Laufbahn, hatte sie gänzlich versagt; dann hatte ich mich bei mehr denn einer Gelegenheit genötigt gesehen die Menge zu verdoppeln, und einmal sogar, unter Lebensgefahr, zu verdreifachen. Diese seltenen Unzuverlässigkeiten waren es, die bisher den einzigen Schatten auf mein Vergnügen geworfen hatten. Jetzt jedoch, angesichts des heutigen Vorfalles, erkannte ich, dass, während zu Anfang die Schwierigkeit darin bestanden hatte, den Leib Jekylls abzuwerfen, sich das später, ganz allmählich, aber entschieden gerade ins Umgekehrte gewandelt hatte. Alles schien daher auf das eine hinzuweisen: dass ich langsam, ganz langsam den Halt an meinem ursprünglichen und besseren Selbst verlor und allmählich in mein zweites und schlechteres Wesen umgewandelt wurde.

Der »babylonische Finger auf der Wand« verweist auf das Buch Daniel im Alten Testament: Während eines Gastmahls sieht Belsazar, der König Babylons, eine geheimnisvolle Hand Schriftzeichen an die Wand malen. Da er sie nicht lesen kann, beauftragt er den Propheten Daniel sie zu deuten. Sie sagen das Ende der babylonischen Herrschaft voraus. Oben die von Rembrandt dargestellte Szene.

Zwischen diesen beiden, das fühlte ich, musste ich jetzt wählen. Meinen beiden Naturen war die Erinnerung gemeinsam. Alle übrigen Fähigkeiten jedoch waren völlig ungleich zwischen ihnen geteilt. Jekyll (der ein Gemisch darstellte), bald voll zartester Empfindungen, bald voll schmutziger Gier, plante und teilte die Vergnügungen und Abenteuer Hydes. Hyde jedoch stand Jekyll indifferent gegenüber oder dachte seiner höchstens, wie der Bergräuber der Höhle gedenkt, in der er sich vor Verfolgung verbirgt. Jekyll besaß mehr als eines Vaters Interesse; Hyde mehr als eines Sohnes Gleichgültigkeit. Mein Schicksal mit Jekyll verbinden, hieß jenen Geschmack abtöten, den ich mir lange heimlich gegönnt und dem ich seit kurzem direkt zu frönen begonnen hatte; es mit Hyde verbinden, bedeutete den Verzicht auf tausend Interessen und Sehnsüchte und hieß mit einem Schlage für immer verachtet und freundlos werden. Der Handel mochte ungleich erscheinen, aber noch etwas anderes musste überlegt werden: Während Jekyll schmerzlich unter den Qualen der Abstinenz leiden musste, würde Hyde sich nicht einmal dessen bewusst sein, was er alles verloren hatte. Sonderbar wie meine Lage war, die Bedingungen dieses Streites sind so alt und so verbreitet wie die Menschen. Fast die gleichen Verführungen und Nöte werfen das Los für jeden verführten und schwankenden Sünder, und dieser Kampf ging auch für mich aus, wie er für die große Mehrheit meiner Kameraden ausgeht: Ich wählte den besseren Teil, aber mir fehlte die Kraft, ihn festzuhalten.

Ja, ich bevorzugte den ältlichen und unzufriedenen Doktor, umgeben von Freunden, dem eine ehrenhafte Zukunft winkte; entschlossen sagte ich der Freiheit Lebewohl, der vergleichsweisen Jugend, dem leichten Schritt, den hüpfenden Pulsen und geheimen Vergnügungen, die ich in der Maske Hydes genossen hatte. Vielleicht traf ich diese Wahl mit einem unterbewussten Vorbehalt, denn weder gab ich das Haus in Soho auf, noch vernichtete ich die Kleider Edward Hydes, die noch immer in meinem Arbeitszimmer bereitlagen. Zwei Monate blieb ich immerhin meinem Vorsatz treu; zwei Monate führte ich ein Leben von solcher Strenge, wie ich es vorher nie erreicht hatte, und fand mich durch die Billigung meines Gewissens belohnt. Aber schließlich begann die Zeit die Unmittelbarkeit meiner Sorge zu verwischen. Die Lobpreisungen des Gewissens wurden zu einer Alltäglichkeit, kreißende Schmerzen und Lüste begannen mich zu quälen, als ob Hyde um seine Freiheit ränge, und endlich, in einer Stunde moralischer Schwachheit, mischte und trank ich wieder einmal den Zaubertrank.

Ich glaube nicht, dass ein Trunkenbold, der zur Einsicht seines Lasters kommt, damit auch nur eine der fünfhundert Gefahren, die ihm von dieser tierischen Sinnlosigkeit drohen, erkennt. So ging es auch mir. So eingehend ich auch meine Lage überdacht hatte, so hatte ich doch nicht genügend diese vollkommene moralische Gefühllosigkeit und diesen wahnsinnigen Hang zum Bösen, die die leitenden Charakterzüge Edward Hydes waren, in Betracht gezogen. Und das wurde mir zum Fluch. Der so lange in meinem Innern eingesperrte Satan brach brüllend hervor. Bereits in dem Augenblick, da ich den Trank nahm, wurde ich mir eines ungezügelten, eines fast rasenden Hanges zum Bösen bewusst. Diese aufgespeicherte Wut muss es wohl auch gewesen sein, die in meiner Seele jene wütende Ungeduld erzeugte, mit

Das Foto zeigt den sechzehnjährigen Robert Louis Stevenson neben seinem Vater Thomas. Als junger Mann hatte Stevenson des Öfteren Auseinandersetzungen mit seinem Vater. Obwohl dieser kein Tyrann war, wie zuweilen behauptet wurde, stand seine strenge calvinistische Glaubensüberzeugung doch häufig im Widerspruch zu den liberaleren Auffassungen des Sohnes. Das von Stevenson beschriebene Vater-Sohn-Verhältnis zwischen Jekyll und Hyde trägt möglicherweise Züge der Beziehung zwischen dem Autor selbst und seinem Vater.

»… endlich, in einer Stunde moralischer Schwachheit, mischte und trank ich wieder einmal den Zaubertrank.«

der ich die höflichen Fragen meiner unglücklichen Opfer anhörte. Feierlich erkläre ich vor Gott, dass kein Mensch mit moralisch gesundem Sinn sich durch einen so erbärmlichen Anlass eines solchen Verbrechens schuldig gemacht hätte; und dabei handelte ich mit weniger Vernunft als ein krankes Kind, das sein Spielzeug zerbricht. Aber ich hatte freiwillig alle ein Gegengewicht bietenden Instinkte von mir gestreift, die es selbst dem Bösesten unter uns ermöglichen, mit einem gewissen Grad von Sicherheit Versuchungen zu vermeiden. In meinem Falle jedoch bedeutete Versuchung, sie mochte noch so schwach sein, bereits den Fall.

Sofort erwachte in mir der Geist der Hölle und raste. In einem wahren Wonnetaumel zerstampfte ich den widerstandslosen Körper und jeder Schlag erregte mir neues Lustgefühl. Erst als ich von der Anstrengung zu ermüden begann, zuckte plötzlich auf dem Höhepunkt meines Deliriums ein eisiger Schreckensschauer durch mein Herz. Ein Schleier hob sich, ich sah mein Leben zerstört und floh von dem Schauplatz dieser Exzesse, gleichzeitig frohlockend und zitternd, mein

Hang zum Bösen befriedigt und angeregt, meine Lust zum Leben bis aufs höchste gesteigert. Ich lief zu dem Haus in Soho und (um meine Sicherheit noch zu verdoppeln) vernichtete ich meine Papiere und schritt dann, immer noch in der gleichen zerrissenen Geistesekstase, durch die erleuchteten Straßen, mich an meinem Verbrechen weidend und leichtfertig neue für die Zukunft planend, dennoch in Hast und mit scharfen Sinnen auf die Schritte etwaiger Rächer lauschend. Mit einem Liedchen auf den Lippen mischte Hyde den Trank, und als er ihn nahm, trank er ihn auf das Wohl des toten Mannes. Die Qualen der Umwandlung waren noch nicht verklungen, da lag Henry Jekyll schon mit strömenden Tränen der Dankbarkeit und der Reue auf den Knien und reckte die gefalteten Hände zu Gott auf. Der Schleier der Selbstbeschönigung war von oben bis unten zerrissen und ich sah mein Leben als ein Ganzes: Ich verfolgte es von den Tagen der Kindheit an, als ich an meines Vaters Hand schritt, durch die selbstverleugnenden Mühsale meines beruflichen Lebens, um wieder und wieder mit dem gleichen Gefühl der Unwirklichkeit zu den verfluchten Schrecken des Abends zu gelangen. Ich hätte laut aufschreien mögen. Mit Tränen und Bitten versuchte ich die unendliche Schar grässlicher Bilder und Töne, mit denen Erinnerungen auf mich eindrangen, zu mildern, doch selbst zwischen meinen Gebeten starrte das scheußliche Antlitz meiner Bosheit in meine Seele. Im gleichen Maße wie die Heftigkeit dieser Reue dahinschwand, folgte ihr ein Gefühl der Freude. Das Problem einer künftigen Lebensführung war gelöst. Hyde war hinfort unmöglich; ob ich wollte oder nicht, ich war jetzt auf den besseren Teil meiner Existenz beschränkt. Und, oh, mit welcher Freude erkannte ich das, mit welch strebender Demut klammerte ich mich aufs Neue an die Beschränkung natürlichen Lebens! Mit welch aufrichtigem Gefühl der Verzichtleistung verschloss ich die Tür, durch die ich so oft ein- und ausgegangen war, und stampfte den Schlüssel in den Boden.

» In einem wahren Wonnetaumel zerstampfte ich den widerstandslosen Körper und jeder Schlag erregte mir neues Lustgefühl. «

Diese Illustration erschien 1878 in dem Boulevardblatt *The World*. Sie zeigt einen Polizisten, der an der Themse eine Leiche entdeckt. Die dramatischen Elemente des Mordes an Sir Danver sind deutlich durch die volkstümliche Literatur der Zeit angeregt.

Am nächsten Tage kam die Nachricht, dass der Mörder beobachtet worden war, dass die Schuld Hydes offen vor aller Welt lag und dass das Opfer ein Mann in hoher öffentlicher Stellung war. Es handelte sich nicht nur um ein Verbrechen, es war eine Wahnsinnstat von größter Tragik. Ich glaube, ich war froh, das zu wissen; ich glaube, ich war froh, dass mein besserer Impuls gestärkt und von den Schrecken des Schafotts bewacht wurde. Jekyll war jetzt meine Zufluchtsstätte. Hyde brauchte nur ein Mal hervorzuschauen und die Hände der ganzen Welt würden sich erheben ihn zu ergreifen und zu erschlagen.

Ich beschloss durch mein künftiges Verhalten die Vergangenheit zu büßen und ehrlich kann ich behaupten, dass meinem Entschluss manches Gute entspross. Du weißt selbst, wie ernst ich mich in den letzten Monaten des Jahres mühte Leid zu mildern. Du weißt, dass vieles für andere getan wurde und dass mir selbst die Tage ruhig, fast glücklich verstrichen. Ich kann auch nicht sagen, dass ich dieses wohltätigen und unschuldigen Lebens müde wurde. Ich glaube vielmehr, dass ich es jeden Tag vollkommener genoss. Aber noch immer lagerte der Fluch zwiefachen Wollens auf mir, und als die erste Heftigkeit meiner Reue nachließ, fing der gemeinere Teil meines Wesens, so lange verhätschelt, so kurz erst in Ketten gelegt, grollend an die Freilassung zu begehren. Nicht, dass ich von einem Wiederaufleben Hydes träumte, der bloße Gedanke hätte mich dem Wahnsinn in die Arme getrieben: Nein, in meiner eigenen Gestalt regte sich wieder die Versuchung, mit meinem Gewissen zu spielen, und, ein gewöhnlicher geheimer Sünder, erlag ich schließlich dem Ansturm der Versuchung.

»Ich lief zu dem Haus in Soho und vernichtete meine Papiere ...«

Alles treibt dem Ende entgegen; das größte Maß wird endlich voll und dieser kurze Abstieg zu dem bösen Ende zerstörte endgültig das Gleichgewicht meiner Seele. Dennoch war ich nicht beunruhigt. Der Fall schien natürlich wie eine Rückkehr zu den alten Tagen, bevor ich meine Entdeckung gemacht hatte. Es war ein schöner klarer Tag im Januar, der Boden feucht, wo es getaut hatte, aber der Himmel wolkenlos. Regentspark war voll von winterlichen Sängern und süßen Frühlingsdüften. Ich saß im Sonnenschein auf einer Bank, die Bestie in mir leckte beim Erinnern die Lippen, mein geistiges Ich nickte ein wenig ein und versprach spätere Reue, tat aber nichts, um schon jetzt damit zu beginnen. Alles in allem, überlegte ich, war ich doch genau wie meine Mitmenschen; ja ich lächelte, wenn ich mich mit anderen verglich, wenn ich mein aktives Wohlwollen verglich mit der lässigen Grausamkeit ihrer Gleichgültigkeit. Im gleichen Moment, da diese hochmütigen Gedanken mir durch den Kopf zogen, überkam mich ein Schwächeanfall, eine furchtbare Übelkeit, und Todesschauer durchrannen meinen Körper. Das ging vorüber und ohnmächtig saß ich da. Und dann, als auch die Schwäche nachließ, begann ich mir einer Veränderung in der Art meiner Gedankengänge bewusst zu werden, einer größeren Kühnheit, einer Verachtung der Gefahr, einem Losgelöstsein von allen Fesseln der Pflicht. Ich blickte hinab: Formlos hingen meine Kleider um meine zusammengeschrumpften Glieder. Die Hand, die auf meinem Knie lag, war haarig und hatte hervortretende Adern. Ich war wieder einmal Edward Hyde. Einen Moment vorher hätte ich der Achtung aller Menschen sicher sein können, ich war reich, wurde geliebt – sauber ausgebreitet lag das Tischtuch zu Hause in meinem Speisezimmer – und jetzt war ich nur eine Jagdbeute für die Menschheit, gehetzt, heimatlos, ein verrufener Mörder auf dem Wege zum Galgen.

» Am nächsten Tage kam die Nachricht, dass der Mörder beobachtet worden war … «

Mein Verstand geriet ins Wanken, aber er verließ mich doch nicht. Mehr als ein Mal habe ich die Beobachtung gemacht, dass in meinem zweiten Charakter alle meine Fähigkeiten bis zum Äußersten ge-

» Im Hotel blickte ich bei meinem Eintritt mit so finsterem Ausdruck um mich, dass alle Bedienten ein Zittern überlief. «

schärft schienen und meine Geisteskräfte elastischer waren; so kam es, dass dort, wo Jekyll vielleicht versagt hätte, Hyde sich ganz zur Höhe des Augenblicks aufschwang. Meine Medizin befand sich in einem der Schränke meines Arbeitszimmers. Wie konnte ich sie erreichen? So lautete das Problem, an dessen Lösung (die Schläfen mit meinen Händen pressend) ich mich jetzt machte. Die Laboratoriumstür hatte ich verschlossen. Wenn ich versuchte durch das Haus hineinzugelangen, würde meine eigene Dienerschaft mich dem Galgen übergeben. Ich begriff, ich musste eine andere Hand verwenden und dachte an Lanyon. Wie aber konnte ich ihn erreichen, wie ihn überreden, vorausgesetzt, dass ich einer Gefangennahme in den Straßen entging? Wie sollte ich es anstellen, bis zu ihm vorzudringen, und wie sollte ich, ein Unbekannter und unerwünschter Besucher, den berühmten Arzt dazu überreden, das Arbeitszimmer seines Kollegen Dr. Jekyll zu plündern? Dann fiel mir ein, dass mir ja eine Eigenschaft meines eigentlichen Charakters verblieben war: Ich konnte mit meiner eigenen Handschrift schreiben. Kaum war mir dieser freundliche Lichtschein aufgeblitzt, da leuchtete auch schon vor mir von einem Ende zum andern der Weg auf, dem ich folgen musste.

Ich ordnete meine Kleider so gut es ging, rief eine vorüberfahrende Droschke an und fuhr zu einem Hotel in Portland Street, dessen Name mir zufällig einfiel. Bei meinem Anblick (der in der Tat komisch genug war, welch tragisches Schicksal diese Kleider auch deckten) vermochte der Kutscher seine Heiterkeit nicht zu unterdrücken. Mit fletschenden Zähnen fuhr ich in teuflischer Wut auf ihn los und das Lachen erstarb auf seinem Antlitz; ein Glück für ihn, doch noch ein größeres Glück für mich selbst, denn im nächsten Augenblick hätte ich ihn sicherlich von seinem Sitz heruntergezerrt. Im Hotel blickte ich bei meinem Eintritt mit so finsterem

Werbebroschüre eines Hotels.

Ausdruck um mich, dass alle Bedienten ein Zittern überlief. Auch nicht einen Blick wagten sie in meiner Gegenwart zu wechseln. Unterwürfig nahmen sie meine Befehle entgegen, führten mich in ein Gastzimmer und brachten mir Schreibzeug. Hyde in Lebensgefahr war für mich ein neues Wesen: bebend vor unmäßigem Zorn, bereit zu neuem Mord, begierig Schmerz zu erzeugen. Dennoch war das Geschöpf schlau; mit großer Willensanstrengung meisterte es seine Wut, entwarf die beiden wichtigen Briefe, einen an Lanyon und einen an Poole, und um ganz sicher zu gehen, dass sie zur Post gebracht würden, schickte es sie mit der Anweisung fort, dass sie eingeschrieben werden sollten.

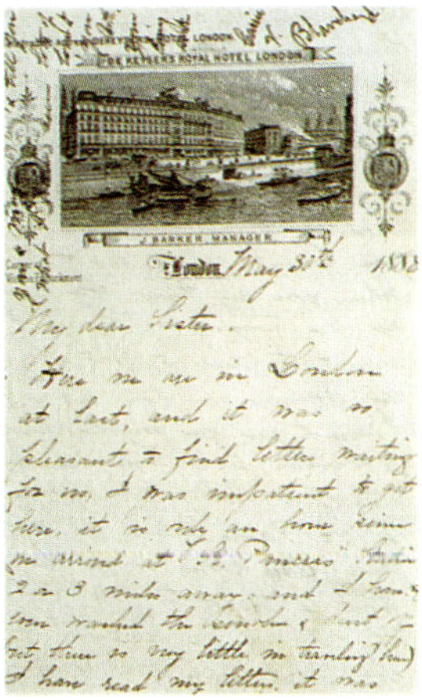

Briefpapier eines Hotels.

Den ganzen weiteren Tag saß es, Nägel kauend, in seinem Zimmer neben dem Feuer; dort aß es auch allein mit seinen Nöten, während der Kellner es zitternd bediente; dann, als die Nacht hereingebrochen war, lehnte es sich wieder zurück in die Ecke einer geschlossenen Droschke und ließ sich plan- und ziellos durch die Straßen der Stadt fahren. »Es«, sage ich – ich kann nicht »ich« sagen. Jenes Kind der Hölle hatte nichts Menschliches an sich, nur Furcht und Hass lebte in seinem Innern, und als Hyde endlich glaubte, der Kutscher finge an argwöhnisch zu werden, entließ er die Droschke und wagte sich, bekleidet mit seinem unordentlichen Anzuge, ein Gegenstand, bestimmt aufzufallen, mitten durch die nächtlichen Spaziergänger zu Fuß weiter, während diese beiden Grundleidenschaften wie ein Sturmwind sein Inneres durchtosten. Rasch schritt er aus, von Furcht gehetzt, im Selbstgespräch, nach Möglichkeit durch die weniger belebten Straßen schleichend, und zählte die Minuten, die ihn noch von der Mitternachtsstunde trennten. Einmal sprach ihn eine Frau an und bot ihm, wie ich glaube, eine Schachtel Streichhölzer zum Kauf an. Er schlug ihr ins Gesicht und sie entfloh.

In allen Städten gab es Erwachsene und Kinder, die sich ihren Lebensunterhalt mit Schuheputzen und dem Verkauf von Streichhölzern oder anderen Dingen verdienten.

Als ich bei Lanyon zu mir kam – der Schauder meines alten Freundes erschütterte mich vielleicht ein wenig: Ich weiß es nicht. Es war im höchsten Falle nur ein Tropfen in dem Meer des Abscheus, mit dem ich an diese Stunden zurückdachte. Eine Veränderung war mit mir vorgegangen. Nicht länger war es die Furcht vor dem Galgen, es war der Schauder, Hyde zu sein, der mich folterte. Lanyons Verdammungsurteil vernahm ich teils wie im Traum. Wie im Traum ging ich heim in mein eigenes Haus und legte mich zu Bett. Nach der Anspannung des Tages schlief ich einen festen und tiefen Schlaf, den nicht einmal der Alb, der mich bedrückte, zu unterbrechen vermochte. Am Morgen erwachte ich, erschüttert, geschwächt und doch erfrischt.

Streichholzschachteln (Ende 19. Jahrhundert).

» Ob ich schlief, ob ich nur in Träumerei verfiel ... «

Noch immer peinigte mich der gleiche Gedanke und erfüllte mich mit Hass gegen die Bestie, die in mir schlummerte, und ich hatte keineswegs die entsetzlichen Gefahren des verflossenen Tages vergessen, aber ich war doch wieder daheim in meinem eigenen Hause, dicht bei meinen Drogen. Und Dankbarkeit über mein Entkommen leuchtete so stark in meiner Seele, dass dieses Gefühl fast den Lichtschimmer der Hoffnung überstrahlte.

Gemächlich schritt ich nach dem Frühstück über den Hof und trank mit Wonne die kühle Luft, als ich von neuem von diesen unbeschreiblichen Sensationen, die die Umwandlung ankündigten, gepackt wurde. Ich hatte gerade noch Zeit, den Schutz meines Arbeitszimmers zu erreichen, als mich auch schon wieder die Leidenschaften Hydes durchrasten und durchfröstelten. Um mich wieder zu mir selbst zu bringen, nahm ich diesmal eine doppelte Dosis, doch ach, sechs Stunden später, als ich dasaß und traurig in das Feuer blickte, kehrten die Qualen zurück und die Droge musste schon wieder zu Hilfe gerufen werden. Kurz, von jenem Tage an war ich nur noch unter großen Anstrengungen, wie bei körperlichen Übungen, unter der unmittelbaren stimulierenden Wirkung der Droge imstande das Aussehen Jekylls zu bewahren. Zu jeder Stunde, am Tage und in der Nacht, fasste mich dieser warnende Schauer. Ob ich schlief, ob ich nur in Träumerei verfiel, immer erwachte ich als Hyde. Unter der Anspannung dieses ständig über mir schwebenden Fluches und durch die Schlaflosigkeit, zu der ich mich selbst verdammte, weit über die Grenzen dessen hinaus, was ich für menschenmöglich gehalten hatte, wurde mein eigentliches Ich ein vom Fieber aufgezehrtes und ausgesogenes Geschöpf, schlaff und matt an Körper und Geist und nur von dem einen Gedanken besessen: der Angst vor meinem anderen Selbst. Und wenn ich schlief oder wenn die Wirkung der Medizin nachließ, wurde ich fast ohne Übergang (denn die Schmerzen der Transformation wurden täglich weniger fühlbar) in den Bannkreis einer mit Bildern des Schreckens überladenen Vorstellungswelt, einer von grundlosem Hassgefühl überschäumenden Seele und in einen Körper hineingerissen, der nicht stark genug schien die tobenden Lebensenergien zu umfassen. Die Kräfte

Hydes schienen mit der Schwäche Jekylls gewachsen zu sein und der Hass, der jetzt die beiden schied, war sicher auf beiden Seiten gleich stark. Bei Jekyll war es einfacher Lebensinstinkt; er hatte jetzt die völlige Verunstaltung jenes Wesens, das mit ihm einige Bewusstseinsphänomene teilte, erkannt und war mit ihm Miterbe des Todes; und über diese Bande der Gemeinschaft hinaus, die in beider Innern den quälendsten Teil ihrer Schmerzen ausmachten, empfand er Hyde trotz seiner gewaltigen Lebenskraft nicht nur höllisch, sondern als etwas Unorganisches. Das war das Entsetzliche, dass diese Ausgeburt der Hölle Stimmen und Schreie zu erzeugen schien, dass dieser formlose Staub gestikulierte und sündigte, dass das, was tot war und keine Gewalt besaß, sich der Funktionen des Lebens bemächtigen sollte. Und dann auch dieses wieder, dass dieser aufrührerische Gräuel ihm fester verbunden war als ein eheliches Weib, fester als sein Auge, dass dieses Wesen eingebettet lag in seinem Fleische, wo er es murren hörte und seine Anstrengung spürte, geboren zu werden. Und in jeder Stunde der Schwachheit und in der Zuversicht des Schlummers siegte es über ihn und stieß ihn aus dem Leben heraus. Der Hass Hydes gegen Jekyll war anderer Art, seine Angst vor dem Galgen trieb ihn ständig vorübergehenden Selbstmord zu begehen und zu dem untergeordneten Rang eines Teils statt einer Person zurückzukehren. Doch er fluchte dieser Notwendigkeit, er verfluchte die Mutlosigkeit, der Jekyll jetzt verfallen war, und verübelte die Abneigung, mit der man ihn betrachtete. Daher die affenähnlichen Streiche, die er mir spielte, indem er in meiner eigenen Handschrift Blasphemien auf die Seiten meiner Bücher kritzelte, Briefe verbrannte und das Bild meines Vaters vernichtete. Und wahrlich, wäre nicht seine Angst vor dem Tode gewesen, schon lange hätte er sich ins Unglück gestürzt, nur um mich mit in das Verderben zu verstricken. Aber seine Liebe zum Leben ist bewundernswert. Ich gehe noch weiter! Ich, der ich krank werde und friere bei dem bloßen Gedanken an ihn; wenn ich an diesen

Dieses Aquarell von 1879 zeigt ein Hinterhaus in der Nähe von Holborn. So ähnlich könnte der versteckte Hintereingang zu Dr. Jekylls Haus ausgesehen haben.

»… immer erwachte ich als Hyde.«

Der Galgen des Gefängnisses von Newgate. Die letzte öffentliche Hinrichtung außerhalb von Newgate fand 1868 statt. Danach wurden die Verurteilten in diesem Raum im Inneren des Gefängnisses gehängt.

verächtlichen und leidenschaftlichen Hang zum Leben denke, und wenn ich daran denke, wie sehr er meine Macht fürchtet, durch Selbstmord auch ihm ein Ende zu bereiten, fühle ich in meinem Herzen fast Mitleid mit ihm.

Es ist zwecklos – und die Zeit drängt mich auch –, diesen Brief zu verlängern. Nie hat jemand solche Qualen erduldet. Das mag genügen. Und dennoch, selbst für diese Pein brachte die Gewohnheit – nein, keine Erleichterung –, aber sie erzeugte eine gewisse Gefühllosigkeit der Seele, ein gewisses Sichabfinden mit der Verzweiflung, und meine Bestrafung hätte vielleicht noch Jahre angedauert ohne diesen letzten Unglücksfall, der jetzt über mich hereingebrochen ist und der endgültig mich von meinem eigenen Antlitz und von meiner Natur geschieden hat. Der Vorrat meines Salzes, der seit der Zeit des ersten Versuches nie erneuert worden war, begann zu schwinden. Ich sandte nach einer neuen Lieferung und mischte den Trank. Das Aufwallen erfolgte und auch die erste Änderung der Färbung, doch nicht die zweite. Ich trank ihn, aber die Wirkung blieb aus. Du wirst von Poole hören, wie ich ganz London abgesucht habe. Es war vergebens. Und heute bin ich überzeugt, dass mein ursprünglicher Vorrat unrein war und dass es gerade diese unbekannte Verunreinigung war, die dem Tranke seine Wirkung verlieh.

Birdcage Walk, der Friedhof des Gefängnisses von Newgate. An die 97 Verurteilten, die hier nach der Hinrichtung begraben wurden, erinnern nur ihre in die Mauer geritzten Initialen.

Etwa eine Woche ist verstrichen und unter dem Einflusse des letzten der alten Pulver will ich jetzt diese Erklärung beenden. Dies also ist das letzte Mal, falls kein Wunder geschieht, dass Henry Jekyll seine eigenen Gedanken denken oder sein eigenes Gesicht (ach, wie traurig verändert!) im Spiegel zu sehen vermag. Ich darf auch nicht lange zögern mein Schreiben zu beenden; denn wenn mein Bericht bisher der Vernichtung entgangen ist, ist das nur einem Zusammenwirken großer Klugheit und noch größeren Glücks zu danken. Sollte der kreißende Schmerz der Verwandlung mich während des Schreibens packen, wird Hyde diese Blätter in Stücke reißen. Ist jedoch einige Zeit verstrichen, nachdem ich sie aus der Hand gelegt habe, so wird sein bewunderungswürdiger Egoismus und seine Beschränkung auf den Augenblick es wahrscheinlich noch einmal vor seiner affenartigen Bosheit bewahren, denn tatsächlich hat das Verhängnis, das uns beide immer näher bedroht, auch ihn bereits verwandelt und zu

Boden geschlagen. Nur noch eine halbe Stunde, dann werde ich wieder und diesmal für immer jene verhasste Persönlichkeit annehmen; dann werde ich, das weiß ich, schaudernd und weinend in meinem Stuhle sitzen oder weiter unter der angespanntesten und angsterfülltesten Aufmerksamkeit lauschend in diesem Zimmer, meinem letzten irdischen Zufluchtsort, auf und ab rennen, achtend auf jeden drohenden Laut. Wird Hyde auf dem Schafott enden oder wird er den Mut finden, sich im letzten Augenblick selbst zu befreien? Gott weiß es! Mich kümmert es nicht. Dies ist meine wahre Todesstunde; was folgt, berührt einen andern, nicht mich. Hier also, da ich die Feder niederlege und mich anschicke mein Bekenntnis zu versiegeln, beschließe ich das Leben des unglücklichen Henry Jekyll.

Die Todeszelle in Newgate, das ab 1881 nur noch eingeschränkt als Gefängnis diente. Letztmals wurde dort 1902 ein Verbrecher gehängt, im gleichen Jahr, als das Gebäude zerstört wurde.

Links: Die siamesischen Zwillinge Chang und Eng um 1860.

Unten: *Kain erschlägt Abel* von Frans Floris.

Oben: *La Menzogna* (»Die Lüge«) von Salvator Rosa.

Dr. Jekyll und Mr. Hyde, Film von Rouben Mamoulian (1931) mit Fredric March.

Das Gute und das Böse

»An meiner eigenen Persönlichkeit lernte ich die absolute, unergründliche Zwiespältigkeit im Menschen kennen.«
Das Thema der Persönlichkeitsspaltung steht im Mittelpunkt von Stevensons Erzählung. Dr. Jekyll trennt das Böse, das in jedem schlummert, von sich ab und macht es zu einem eigenen Wesen: Hyde. Die Idee war nicht neu; in gewisser Weise ist das von Dr. Frankenstein geschaffene Monster aus dem Roman von Mary Shelley der Vorgänger von Dr. Jekyll und Mr. Hyde.
Das Thema der doppelten Existenz findet sich oft in der Literatur des 19. Jahrhunderts. Zwillingspaare, auch siamesische, faszinierten die Wissenschaftler. Psychoanalytiker wie Sigmund Freud erforschten das Phänomen der Ich-Spaltung und die vielfältigen Geisteskrankheiten.
Der Kampf zwischen Gut und Böse ist so alt wie die Welt; in der Bibel veranschaulicht ihn die Geschichte von Kain und Abel. In Stevensons Erzählung aber wohnt die Doppelnatur in ein und derselben Person: Hinter der Maske der Ehrbarkeit verbirgt sich ein primitiveres Wesen. *Dr. Jekyll und Mr. Hyde* ist eine großartige kriminalistische und fantastische Geschichte, auf einer tieferen Ebene jedoch konfrontiert sie den Leser mit den Widersprüchen und der Vielschichtigkeit der menschlichen Seele.

Bildnachweis

o = oben, u = unten, m = Mitte, l = links, r = rechts

Aberdeen Art Gallery and Museums Collections: 80. AKG (Kunsthistorisches Museum, Wien): 82o. AKG (Berlin): Umschlag vorne m. Artephot/Bridgeman Art Library (Leeds City Art Galleries): 37u. Artephot/Bridgeman Art Library (Royal Institution, London): 31o, 41m. Artephot/Bridgeman Art Library (Victorian Society, London): 28u. British Museum, London, Department of Prints and Drawings: 104–105. Cambridge and County Folk Museum: 100o. Copenhague, Statensmuseum for Kunst: 104u. Coutt's and Co, London: 15u. Edimédia: 105u. Edinburgh, City Art Centre (Edinburgh City Galleries and Museums): 7o. Edinburgh, Writers Museum (Edinburgh City Galleries and Museums): 6ol, 6om, 6or, 6u, 6–7u, 81, 93, Rücken und Umschlag vorne o. Florenz, Galleria Palatina: 105o. Glasgow Museums: Art Gallery and Museum, Kelvingrove: 20u. Greenwich Council, Local History Library, Spurgeon Collection: 99u, Umschlag hinten ol. Guildhall Library, Corporation of London: 36o, 42u. Peter Jackson Collection, London: 11o, 24u, 35o, 35u, 37o, 43u, 44ol, 44or, 51r, 71, 76, 98u, 99o, Umschlag hinten or. London Metropolitan Archive, Corporation of London: 20o, 21o, 28o, 50u, 101o, 102u. Mary Evans Picture Library, London: 15o, 50or, 50ur, 50ol, 51ul, 66. Museum of London: 10, 72. National Gallery, London: 92. Popperfoto: 56. Public Record Office Picture Library, London: 78o, 78u. Sotheby's, Billingshurst: 63, 74. Washington, Library of Congress: 7ur, 91u. Wellcome Institute for the History of Medicine, London: 40o, 40m, 41o, 41u, 60o, 60m, 60u, 61o, 61u, 65, 82u, 104ol.

Bildbände: J. C. Bucknill and D. H. Tuke, *A Manual of Psychological Medicine,* 1874: 17, 18. Cambridge, *Order of Proceedings at the Darwin Celebration,* 1909: 25u. W. Combe, *A History of the University of Cambridge,* 1815: 40u. R. W. Edis, *Decoration and Furniture of the Town House,* 1881: 30u. James Grant, *Old and New Edinburgh,* 1880-2: 22u, 23o. *Illustrated London News:* 50ol, 50ml. W. J. Loftie, *London City,* 1891: 11u, 102o, 103. *London Sketch Book:* 25o. Jean Baptiste Morvan de Bellegarde, *Réflexions sur le ridicule,* 1710: 104or. Friedrich Nietzsche, *Werke,* 1899: 85. *Punch Magazine:* 7mr, 33o, 33u, 48, 55u. Walter Thornbury, *Old and New London,* 1897: 13o, 14o. *The World Magazine,* 1878: 96o.

»MAN KANN DIESE REIHE NICHT GENUG LOBEN: DER LESER WIRD AN DIE HAND GENOMMEN UND ENTFÜHRT, MAN IST GANZ UND GAR BEI SICH, GLEICHZEITIG ZU HAUSE UND VERREIST!«

DIE ZEIT

»Wäre man noch eines jener Kinder, für die das Buch gemacht ist, man würde sich rückhaltlos über das großartig illustrierte Buch freuen.«
Darmstädter Echo

ISBN 3-8067-4764-4

ISBN 3-8067-4765-2

Gerstenbergs visuelle Weltliteratur

»Ein rundum vorstellbares, von Klischees befreites Dschungelbuch!«
Bulletin Jugend & Literatur

ISBN 3-8067-4762-8

»Die an die Ränder gestreuten Abbildungen und Erläuterungen laden überdies beiläufig zu einer veritablen Zeitreise ein.«
DIE ZEIT

ISBN 3-8067-4761-X

»Die sinnvolle Mischung aus biografischen, historischen und landeskundlichen Fakten verführt auch Ältere, die den Roman vielleicht schon kennen, zum Blättern.« *Tagesspiegel*

ISBN 3-8067-4758-X

Gerstenbergs visuelle Weltliteratur

ISBN 3-8067-4766-0

»Ein Klassiker, der nicht nur wegen der meisterhaften Cartoons, Hintergrundinfos und Zeitdokumente ausgesprochen modern daherkommt.« *radio bremen*

ISBN 3-8067-4763-6

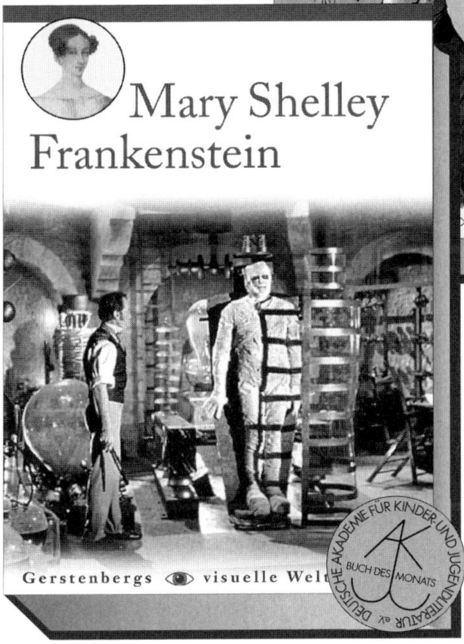

»Die anspruchsvolle Neuausgabe des klassischen Schauerromans besticht vor allem durch die den Text begleitenden Sachinformationen zum Werk, zur Autorin und zum zeitgeschichtlichen Hintergrund.« *Deutsche Akademie für Kinder- und Jugendliteratur e. V.*

ISBN 3-8067-4759-8

Gerstenbergs visuelle Weltliteratur